거북이는 땅속에서
헤엄을 시작한다

거북이는 땅속에서 헤엄을 시작한다

무명작가 김유명 산문집

바른북스

들어가는 글

나는 줄곧 소설을 써야겠다고 생각했다. 그러나 일을 할 때는 글을 써야 하는 것으로, 또 아이러니하게도 글을 쓸 때는 지갑이 궁핍해지는 걱정으로 여러 해를 흘려보냈다. 성과 없이 흘려보낸 시간들이 지속되면서 특별하게 어떤 이야기를 써야겠다는 것보다 단순히 글을 써야 한다는 의식만이 조금 남아 있을 뿐이었다. 그러니 내가 쓰는 모든 글의 기원이 소설의 집필이라면, 이 책의 기원은 앞서 말한 단순한 의식에서 비롯되었다고 할 수 있다. 더 나아가 이 책은 청춘의 단면을 나열한 것에 지나지 않는다. 불온, 불완전, 미완, 무명과 같이 위태롭게 삶을 지탱하는 것들이 마구잡이로 담겨 있고, 심지어 나는 그것을 불완전한 청춘이 발휘하는 미덕이라 말한다.

책을 읽어 내려가다 그야말로 수준이 떨어져 탄식이 절로 나온다면 실망감은 잠시 접어둔 채로 그 순간을 무명의 미학을 제대로 음미하는 순간이라고 여겼으면 좋겠다.

목차

2부 네온사인이 비추지 않는 곳에서

3부 거짓이 없어서 더 슬픈

4부 나는 아직도 나를 모른다

5부 그토록 푸르던 바다가 밤의 색을 띠고 있을 때에도, 나는 너의 색으로 채워져 있었다

6부 가끔 구름은 바람이 입다

7부 괴짜들이 모여 살던 곳

8부 예술이 삶에 미치는 영향과 삶이 예술에 미치는 영향에 관하여

9부 삶의 단면과 삶의 단편들

10부 그럼에도 살아야 할지니, 삶을 경배하라

1부 — 거북이는 땅속에서 헤엄을 시작한다

거북이는 땅속에서 헤엄을 시작한다

거북이를 떠올리면
거북이가 바다를 헤엄치는 모습이
당연하게 여겨진다.
그러나 거북이는 알껍데기를 깨부수고,
땅속을 파헤치고,

천적을 피해 바다로 향해야지만
비로소 우리가 당연시 여기는 모습으로 거듭난다.

나는 고난과 역경에
빠진 이들에게 말하고 싶다.

지금의 불행은 어떠한 세계로 나아가기 위해
첫걸음을 내딛는 것이고,

거북이는 땅속에서부터 헤엄을 시작한다고.

자존감이란

이유 없이 누군가를 미워하는 마음은
대부분이 자신을 투영한 모습을 마주했을 때다.

내가 최고야라고 백날 떠드는 게 자존감이 아니고,
실수한 나의 모습도 미워하지 않는 것이 자존감이다.

피터팬 증후군

세상이 어른스러움을 강요하는 것은
몸만 늙어버린 어린아이가 상처받지 않기 위함이다.

철로에 놓인 자갈 하나가 기차를 세우지는 못한다

내 인생을 망쳐온 것들은
대부분 아주 작은 고민들이었는데,

나는 기차처럼 대범하게 그것을 지나치지 못했다.

기억의 무덤

잊히지 않는 고통스러운 기억들을
작은 돌무덤을 만들어 묻어두었다.
그럼에도 불현듯 찾아오는
기억이 나를 괴롭히면
떠오르는 과거의 기억 대신에
기억의 무덤을
떠올리며 고통을 삭인다.

나는 기억의 실질을 믿지 않기로 했다.

낭만에 빠지고 싶다

나무그늘 밑에서
책을 읽다 잠에 들고 싶다.
바람이 책장을
넘기는 소리나
개미 한 마리가
팔을 타고 오르는 간지러움에
잠에서 깨는 낭만을 느끼고 싶다.
낮과 밤의 구분을
형광등으로 해야 하는지,
형편없는 글에도
표지를 만들어야 하는지
모르겠는 나약함은 제쳐두고

한없이 낭만적이고 싶다.

찬물에도 녹아진다

사탕이나 초콜릿 같은 거라든가,
깨끗하게 정돈된 책상이라든가,
잘 개어진 빨래에서 풍겨오는
섬유 유연제의 냄새라든가.

무기력이 인생을 덮쳐왔을 때,
그것을 극복하기 위해
태산 같은 것들을 떠올리지만
때때로 그것을 이겨내는 것은
사소한 것들이다.

꽁꽁 얼어붙은 손과 발은 찬물에도 녹아진다.

불행의 씨앗

각종 재난과 사건, 사고들로 유명을 달리했다는 소식을 접할 때면 사람들은 고인의 명복을 빌면서도 입을 한데 모아 이런 말을 하곤 한다.

'그래, 언제 죽을지도 모르는데 하고 싶은 것을 하자.'

그러다 문득 이 말은 불행을 자초하는 말이 아닌가 하는 생각이 스쳤다.

백 년 뒤에 죽어도 하고 싶은 것을 해야 되는 것이 아닌지, 누군가의 불행으로써 나 자신을 위로하는 것은 아닌지, 아주 잔인하게도 타인의 죽음을 이용해 자신의 삶을 안도하는 것이 아닌지…

불행이 행복의 틈새를 파고들 때 그것을 자세히 지켜보지 않으면 어느새 불행의 씨앗은 뿌리를 내린다.

자정작용

머릿속에 좋은 생각들이 가득 차 있다면
부정적인 것들을 정화한다.

좋은 생각들이 넘쳐나면,
나쁜 마음이 머물 새도 없이
빠른 생각의 유속에 휩쓸려 내려가 버린다.

당신이 좋아하는 것을 갈구하는 행위는
자정작용을 위한 생물학적인 행위다.

새벽 네 시,
새벽, 네, 시

한정된 시간을 살아내는 것은
시를 적어내는 원동력이다.
해가 산머리를 짚고 올라설 때,
타들어 가는 종이 재의 모습처럼
어둠이 흩날리는 순간에도 시를 적었다.
앞으로 몇 번의 해를 맞이할까.
앞으로 몇 번의 시를 적어낼 수 있을까.
고작 하루 앞날도 예측이 불가한
인간의 비루함은 시를 낳는다.

나는 잠시 어둠이 정체되는
그 시간에도 시를 적었다.

날아오른다는 것은

새의 날갯짓 한 번에 담긴 경의.

쉴 틈 없이 먹이를 나르던
어미 새의 노고와
아주아주 작은 몸으로
한 계절 이상을 버텨내는 의지.

날아오르는 새의
날갯짓 한 번에는
그런 경의가 담겨 있다.

2부 ——— 네온사인이 비추지 않는 곳에서

똥개울

내가 나고 자란 곳은 시골이었는데 생일 케이크를 사려면 옆 동네까지 버스를 타고 20분을 가야 할 정도의 시골이었다. 다윈의 진화론("종의 기원")을을 읽지 않고도 갈라파고스의 동물들을 유튜브로 바로 볼 수 있는 지금, 그 시절을 떠올리면 어떻게 살았었나 싶지만 당시에는 장점도 꽤 있었던 것 같다. 그중에 최고로 꼽는 것이 동네에 어디든 물놀이 할 곳이 넘쳐난다는 것이었다. 그래서 동네 사람들에겐 맛집과도 같은 물놀이 로컬 스폿이 존재했다. 어디는 얕은 대

신에 넓고, 어디는 수심이 깊고, 어디는 숲이 우거져서 얼굴이 탈 일도 없고 물이 얼음장처럼 차다 등등 말이다.

반대로 놀지 말아야 할 더러운 곳도 존재했고, 우리는 이곳을 '똥개울'이라 불렀다. 본격적인 휴가철이 되면 많은 사람들이 이 작은 동네로 피서를 왔고, 20분이 걸리던 옆동네는 40분이 넘게 걸릴 만큼 피서객이 몰리기도 했다. 그러다 보니 먼 길에 지친 여행객들은 서울에 비해선 세상 깨끗해 보이는 물 아무 곳에서나 텐트를 쳐대기 시작했다. 지나가다 몇 번은 길을 따라 더 올라가면 좋은 계곡이 많다고 일러주었지만 이미 만족한 사람들은 나를 비싸게 백숙값이나 받아내려는 호객꾼으로 취급할 뿐이었다.

우리들의 입장에서는 그야말로 '서울 촌놈'이라 불릴만한 행동이었지만, 시간이 흘러 내가 서울에 상경하게 되면서 완전히 입장이 뒤바뀌게 된다. 태생이 서울이었던 대학교 동기 놈이 시골에서 상경한 놈들을 골리는 농담은 꽤 여러 개였다. 햄버거를 먹어보았느냐, 지하철은 타보았느냐, 지방 사람은 63빌딩을 걸어 올라가야 한다느니를 비롯해, 롯데월드의 바이킹은 지방에 있는 것과는 달리 360도를 빙빙 회전한다는 것이다. 울컥 화가 올라온 적도 몇 번 있었지만 그때마다 내 화를 삭여주던 것은 다름 아닌 '똥개울'이었다. 쉼 없이 놀려대는 동기 놈에게 나는 물었다.

"너 혹시 똥개울이라고 들어봤어?"

하염없이 웃어대는 나를 보고 서울 토박이 동기 놈은 영문도 모른 채 씩씩거릴 뿐이었다.

나의 피자 원정기

시골에는 피자집이 없었다. 버스를 타고 한 시간은 족히 넘는 시내에 나가야지만 가능한 일이었다. 그래서 TV에 종종 비추는 진짜 이탈리아 피자는 버스를 타고 몇 시간, 아니 며칠을 가야 하는 걸까 하는 생각이 들 정도였다. 그때는 그만큼 생소한 것이었다.

내가 피자 원정을 떠나기로 한 결정적인 사건은 매번 '아 피자 먹어보고 싶다.' 하며 같이 맞장구를 치던 친구 놈이 한 놈이 있었는데, 이놈이 서울에 있는 친척 집에 갔다가

주말 사이에 피자를 원 없이 먹고 왔다는 것이 아닌가.

나는 엄마에게 몇 주간은 생떼를 썼다. 반에서 피자를 먹어보지 못한 사람은 나밖에 없다고 거짓말까지 하면서…

결국 엄마는 내 손을 들어주었다. 엄마는 다섯 살 터울인 누나에게 돈을 쥐여주며 피자를 먹고 오라 말했다.

나는 버스를 타고 가는 시간이 전혀 지루하지 않았고, 바깥의 풍경이나 창문 너머로 불어오는 바람의 시원함을 기분 좋게 감상하면서, 주말이 지나 학교에서 나도 피자를 먹었다고 자랑을 하는 상상에 빠지기도 했다. 버스에서 내릴 때마저 기분이 한없이 들떠, 버스 뒷문이 취이 하고 열리는 소리가 팡파르처럼 느껴졌다. 나는 앉은 자리에서 몇 판이라도 먹을 수 있을 것만 같았다. 그랬어야 했다.

'식어도 맛있는 피자.'

피자 가게에 들어서자마자 가장 눈에 띄는 슬로건이 식어도 맛있는 피자였는데, 엄마가 떠올랐다.

"누나. 엄마도 같이 먹게 집으로 가져가자. 식어도 맛있대."

아마도 당시에는 나이 터울이 있다고 하더라도 누나와 둘이 외식을 한 적이 없었고, 넓은 식당에서 부모님이 동행하지 않은 식사를 해본 적이 없었기 때문에 거기서 느껴지는 두려움과 위화감을 엄마를 생각하는 효심으로 포장했던 것 같다.

가장 큰 피자를 골랐고, 이제 돌아가는 일만 남았다. 돌아가는 버스를 기다리는 정류장에서도 그렇고 버스에 올라서도 풍기는 피자 냄새에 모두가 우리를 쳐다봤다. 누나는 어린 동생이 드는 것보다 자신이 피자를 들겠다고 했지만, 나는 나의 원정기에서 무엇보다 중요한 피자를 넘겨줄 수가 없었다. 그래서 고집을 부렸었다.

나는 갈아타는 정류장에서도 풍기는 피자 냄새를 자랑거리처럼 생각했다. 출발할 때와 달라진 것은 돌아올 때는 한 번에 오는 버스가 없어 버스를 갈아타야 했는데, 문제는 여기서 생겼다. 버스에 올라 요금을 내고 자리에 앉으려는 찰나 버스가 갑자기 출발하는 바람에 휘청거리면서 봉을 잡았는데, 피자박스를 묶어둔 리본이 헐거웠는지 그 사이로 피자가 우수수 떨어졌다. 나는 너무 놀라 가만히 피자만을 바라보았다.

누나는 얼른 피자를 주워 담고, 피자에서 나온 기름기로 범벅이 되어 있는 버스 바닥을 옷소매로 닦았다.

황망함에 계속해서 눈물을 흘렸다. 도무지 눈물이 멈추지 않아 버스 창문에 거의 고개를 내밀다시피 바람을 맞으면서도 눈이 하나도 시리지 않았다. 만약, 학교에 가서 승전고를 울리게 된다면 팔을 아무리 쫙 펴도 늘어난 치즈가 끊어지지 않았다고 자랑할 거짓말도 미리 준비해 두었는데, 나의 피자 원정기는 한 입도 먹어보지 못하고 피자 냄새만 맡다가 막을 내렸다.

혹시 눈물 젖은 초코파이를 먹어본 적이 있나요? 저는 눈물 젖은 피자를 먹어보았답니다.

우리 개는 안 물어요

군인 아파트에서는 군 자녀들을 위한 통학 버스를 운행했었다. 그날도 여느 날과 다를 바가 없었는데, 익숙한 풍경 속에서 달라진 게 하나가 있었다면 동네에 처음 보는 개가 돌아다닌다는 것이었다. 마침 내가 버스에 오를 차례였는데, 개가 내 주변에 다가오는 바람에 아무런 경계심 없이 개를 쓰다듬으려 손을 내밀었었다. 평온함이나 귀여움이 일반적인 사람들이 강아지를 어루만질 때 기대하는 감정이라면, 어린 날의 나의 무의식을 지배하던 강아지의 모습을 송두리째 바꿔버릴 사건이 일어난다.

우쭈쭈 하고 내밀었던 손은 그대로 물려버렸다. 손을 문 뒤에 곧장 다리를 물었고, 내셔널 지오그래픽에서나 볼법한 맹수들의 사냥 장면처럼 그다음은 나의 목덜미를 노리고 있었다. 달려드는 개의 모습이 가까워지는 게 잠시나마 느리게 보였고, 나는 두 눈을 질끈 감았다.

아주 다행이었던 건 군부대 통학 버스에는 운전을 하는 운전병과 담당 간부가 한 명이 배정이 되어 탑승하고 있었고, 내가 개에 물리는 장면을 눈앞에서 목격한 상사계급의 아저씨는 내 목덜미가 물리기 전에 개를 걷어차 버린 것이다. 개는 데굴데굴 구른 후에도 달려들어, 군화를 신은 발에 또 한 번 걷어차인 후에야 버스 주변을 벗어났다. 아이들은 안전을 위해 모두 승차를 했다. 그제야 살펴보니 검지부터 약지까지 세 손가락은 보라색으로 피멍이 들어 있었고, 다리에서 흘러내린 피는 양말과 신발을 검붉은 색으로 물들게 했다.

부리나케 달려온 부모님의 얼굴을 보고 나니 통증이 밀려와 엉엉 울었다. 나중에 알게 된 사실은 그 당시에 나를 문 개가 공수병인지도 모른다는 것에 부모님은 나의 안위를 직접 눈으로 확인한 이후에도 천당과 지옥을 오가는 기분이었다고 전했다. 축 늘어뜨린 혀를 시계추처럼 움직여대면서 침을 질질 흘려대는 개의 모습은 최악의 상황을 떠올릴 만한 그림이었다. 그때 내 나이가 아홉 살이었고, 운동회를 준비하며 한창 소고나 두들기던 시골의 평범한 학생이었다.

하필이면 버스에 올라타기 직전에 개가 나타났고, 하필이면 개한테 물려버렸고, 하필이면 그 개가 공수병에 걸린 개라고 한다면, 강아지를 쓰다듬고 싶은 어린아이의 마음에도 후회가 서린다. 결과적으로는 공수병이 아니었고, 최악의 상황은 면했지만 어린 시절의 트라우마는 덩치가 산만 해진 성인이 돼서도 아주 작은 강아지의 으르렁거림에도 심장이 쪼그라들게 했다.

물론, 주인의 허락도 없이 함부로 남의 강아지를 만지거나 해서는 안 된다. 그러나 통제가 어려운, 더군다나 공격성이 그득한 개를 풀어놓는 것은 더더욱이 안 된다고 말하고 싶다.

"원래 무는 개가 아닌데, 죄송하게 됐습니다."

후회가 서린 어린아이의 마음에 견주가 찾아와 했던 말은 자신의 개가 그런 개가 아니라는 것이었고, 얼마 뒤에 또 다른 사람을 물어 그 개는 안락사를 당했다.

연못에 피어나는 물고기

군인 아파트에서 나고 자란 나에게 군부대는 너무나 익숙한 장소였다. 아파트 자체가 부대와 연결이 되어 있고, 위병소를 지나야 집에 들어갈 수 있는 특이한 구조로, 단지 내에 있던 놀이터를 벗어나 뒷산이나 부대 연병장이라든지 출입이 가능한 군부대 부지 여기저기를 누볐었다.

그러다 문득 부대 초입에 있던 연못 앞에 서서 생각했다. 연못은 사방이 막혀 있는데, 이 물고기들은 다 어디서 온 걸까. 어렸던 나는 깊은 고민에 빠지지 않고 나무에서 꽃이

피어나듯이 연못이 물고기를 만들어 내는 것이라고 단성 짓는다. 그리고 그것의 연장선으로 물고기를 잡아 집으로 가져가도 또 생겨날 것이라 믿으며, 특공대였던 부대 이름에 걸맞은 낚시 특공대를 결성하기에 이른다.

마침, 집에는 빙어낚시를 할 때 쓰는 견지 낚싯대가 있었다. 연날리기를 할 때 연줄이 둘둘 감겨진 것처럼 허접하게 생긴 낚싯대였다. 매일 모여서 노는 열 명 남짓한 인원 중 물고기가 무섭다며 내뺀 인원과 낚싯대가 없어서 안 한다는 인원을 제하고 나니 정예멤버 네 명이 모이게 됐다. 네 명 중 나를 포함한 두 명이 낚싯대가 있었고, 나머지 두 명은 세숫대야를 준비해 운반을 맡았다. 미끼는 곤충 채집통에 들어 있는 걸로 충분했다. 결전지로 향한 낚시 특공대가 물고기를 낚아채는 데까지는 비교적 짧은 시간이었다. 물고기를 필요 이상으로 많이 풀어놓은 탓에 금방 미끼를 물었다. 그때까지만 해도 우리는 내뺀 인원들을 겁쟁이라 말하며 우쭐댔지만, 예상치 못한 난관을 맞이한다. 물고기 입에 걸린 바늘을 뽑아낼 수가 없다는 것이었다. 물고기를 낚아 올리기는 했지만, 어린아이들이 능숙하게 입에 걸린 바늘을 빼내기란 여간 힘든 일이 아니다. 더군다나 물에 비친 모습과 실제 밖으로 꺼내 들었을 때의 차이, 그리고 뻐금거리는 물고기 면상은 어린아이들에게 무섭고 징그러운 것이었다. 앞서 말한 이유로 한정된 결과물을 서로 가져가겠다고 마찰을 빚는 일도 없었다. 바늘이 입에 걸려 있으니,

낚싯대를 가져온 대원이 가져가는 것이 맞는다는 세숫대야를 가져왔던 대원들의 강경한 주장 덕이었다. 결국, 바늘이 입에 걸린 채로 줄을 잘라 가져가기로 했고, 낚싯대마다 처음 낚아 올린 게 마지막이 되었다.

집으로 돌아와 욕조에 물을 채워 물고기를 넣어두고 아주 들뜬 마음으로 부모님을 기다렸다. 먼저 도착한 엄마의 손을 이끌고 욕조로 향했다.

"엄마! 저녁에 생선요리를 해줘. 내가 물고기 잡아 왔어!"

나는 칭찬을 받을 것이라는 예상과 달리 온화한 성격이었던 엄마가 그렇게 화를 낼 수 있다는 것을 알게 되었고, 아빠가 도착했을 때는 군복을 갈아입기도 전에 회초리를 들었다. 화목한 저녁 식탁을 기대했던 것이 무색하게 눈물을 쏟고 만다. 때마침 전화가 걸려왔는데, 나는 그때 걸려온 전화벨 소리를 듣고 어디서 전화가 걸려온 것인지 단번에 짐작할 수 있었다.

각자 자신의 집 욕조에 담아두었던 물고기를 가지고 다시 만난 낚시 특공대원의 눈에도 눈물이 그렁그렁했다. 한자리에 모인 부모님들이 너털웃음을 지으며 혹시 또 물고기를 잡은 친구가 있느냐 물었고, 우리는 나머지 두 명은 운반을 맡았을 뿐이라고 실토했다. 아빠들은 물고기 입에 걸려 있던 바늘을 빼고서 꿀밤을 때렸다.

물고기를 놓아주려 다시 연못을 찾았을 때, 이미 해는 기울어져 있었다. 물고기는 풍덩 소리만 내고 어둠 속으로 사라졌을 뿐 헤엄치는 것은 보이지 않았다. 낚시 특공대의 활약도 마찬가지로 어둠 속으로 사라졌다.

나는 이 모든 일의 주동자로 낙인이 찍히는 바람에 한동안은 아파트 단지 내에서 원치 않는 유명세를 치러야 했다.

소나기 내릴 적에

자신의 별명이 퀴즈왕이라고 말하는 전학생은 끝맺음을 영어로 자신을 소개하면서 자기소개를 마쳤다. 서울에서 전학을 온 친구의 얼굴은 밀가루처럼 하얬다. 축구를 싫어한다는 말에 남자애들의 관심사에서는 완전히 멀어졌지만 쉬는 시간마다 여자애들은 퀴즈왕 주변을 둘러쌌다. 퀴즈왕이라… 별명부터가 위화감이 들었다. 다만 꽤 오랜 시간이 지나서야 그 위화감이란 게 질투에서 비롯된 것이 아닌가 생각해 본다. 63빌딩을 엘리베이터를 타고 올라 마을을 내려다보는 이들과 가장 높은 산을 두 발로 걸어 올라야지만 마을을 내려다볼 수 있는 이들의 차이를 무조건적인 질투라 단정 지을 수 없지만, 선택할 수 있는 자와 선택지가 없는 자의 격차에서 오는 위화감을 보통은 질투라 부르기 때문이다.

선크림조차 모르고 뙤약볕을 뛰노는 아이들 사이에서 퀴즈왕은 머리에 젤을 바르고 손목엔 카시오 시계를 차고 있었다. 재수 없는 놈이 전학을 왔다며 일부러 어깨를 부딪쳐 시비를 걸던 친구 놈이 며칠 뒤에 머리에 한가득 젤을 바르고 왔다.

나는 대부분의 사람들이 순수라고 표현하는 것들은 사실 무지에서 비롯된 것이라고 생각할 때가 많다.

한껏 시비를 걸다가 머리에 젤을 바르고 온 친구는 아마 생일 선물로 카시오 시계가 가지고 싶다고 하지 않았을까?

사랑의 매에 얽힌 업

십수 년 전 시골 학교에서 교사의 권위는 엄청났다. 교권이 역전되어 버린 지금 같은 상황에선 상상도 할 수 없는 일이다. 그 당시에는 몽둥이를 손수 만들어 학교로 보내는 부모님이 있을 정도였는데 내가 중학교 때 이야기다. 같은 반 친구의 부모님은 농사를 짓는 분이셨는데 올바른 지도의 목적으로 자신의 아들이 말을 듣지 않으면 때려서라도 바른길로 인도를 해달라고 일러두셨다. 참나무를 깎아 만든 몽둥이는 그 개수만 해도 열 개가 족히 넘었다. 원래 있던 나뭇결로 손잡이를 구분하고 나머지를 깎아내서 만든 몽둥이는 50-70cm 사이의 길이로 굵기는 제각각이었던 걸로 기억한다. 그것을 받아든 담임교사는 몽둥이마다 번호를 부여하고 교실 벽 한쪽에 걸어 진열을 해두었다. 그리고 매타작을 할 적에는 직접 몽둥이를 가지고 나오게 만들었다.

슬펐던 것은 체육시간이 아닌데 체육복을 왜 걸치고 있냐는 시답지 않은 이유로 매타작을 하는 데도 아이들은 자신이 왜 맞아야 되는지가 아닌 어떤 몽둥이가 덜 아픈지를 고민하는 것이었다.

"잘못했지? 7번 가지고 나와!"

"아… 선생님… 3번으로 맞으면 안 될까요?"

이런 말도 안 되는 상황이 벌어졌었다. 학부모와 학생의 갑질로 수많은 교사들이 피해를 보고 있는 지금, 과거를 돌이켜 보면 과거의 선생들이 저질렀던 업보를 아무 죄 없는 어린 선생님들이 짊어지고 있는 것은 아닌가 하는 생각이 들었다.

다쳤는데요

내가 학창 시절일 때만 해도 두발 자유는 먼 나라 이야기였다. 선도부는 등교 시에 학교 정문을 지키고 서서 두발과 복장을 확인하고, 또 정기적으로 반을 돌아다녔다. 그렇게 해서 선도부에 걸리면 주말까지 말미를 주고 월요일에는 규정에 맞는 모습으로 다시 검사를 받아야 하는 방식이었다. 그날은 월요일 아침이었다. 학생부 선생 두 명이 선도부와 같이 교문을 지키고 있었는데, 누가 봐도 머리가 꽤 길어 보이는 남학생이 이어폰을 낀 채로 어떤 말이든 무시

하고 지나가고 있었다. 그러자 나이가 많은 학생부장 선생이 뒷머리를 손으로 움켜쥐며 그 남학생을 멈춰 세웠다.

"머리가 이게 뭐야!"

"더럽게 뭐 하는 거야. 내 몸에서 손 떼세요."

학생부장이 머리를 움켜쥐며 소리치자, 남학생은 이렇게 말을 했고, 같이 지도를 하고 있던 덩치가 큰 체육 선생은 바로 구타를 시작했다. 여섯 대가량 빰을 후려갈긴 후에 선생은 말했다.

"머리는 왜 안 잘랐어?"

"아 다쳤다고요…"

짝 짝 빰을 때리던 소리가 메아리를 친 방금 전에 비해 주변은 너무 고요해졌다. 당황한 기색을 감출 수가 없었던 체육 선생은 조심스럽게 되물었다.

"어디가…? 어디가 다친 거야?"

"미용실이요. 미용실이 닫혔다고요."

당황한 기색은 온데간데없이 네 대를 더 때려 열 대를 채우고서야 교사의 폭력 쇼는 끝이 났다. 지금은 상상도 할 수 없는 일이 왜 그렇게 많이 벌어진 것인지 참으로 신기하다. 머리 자를 돈도 주지 않으면서 함부로 때릴 권리만을 찾았던 그야말로 폭력의 시대였다.

"어디가 다친 거야?"

그때를 회상하며 다시 물어오는 이가 있다면 마음이 다쳤다고 말했을 것만 같다.

"마음이 다쳤어요."

"뭐라고?"

"마음이 닫혔어요."

폭력의 대물림

교사들의 폭력이 팽배했던 시절에는 폭력에 너무 익숙해진 나머지 몇몇 친구들은 이런 말을 했다.

"저 선생은 안 때려서 좋아."

머지않아 면접관에게 이런 말을 하는 시대가 올 것만 같다.

"저의 장점은 친구를 때리지 않는 것입니다."

뒷걸음질의 추억

백화점에 입점해 있는 한 브랜드에 면접을 보고 일하기까지 결정이 났는데 이게 웬걸 백화점 면접을 따로 봐야 한다는 것이었다. 백화점에 어울리는 인재상을 뽑는다나 뭐라나.

월급을 백화점에서 주는 게 아닌데 전혀 납득이 되지 않았다. 면접을 보는 모두가 비슷한 마음을 가졌던 것 같다. 언짢다고 표현하기도 뭐한 찝찝함이랄까.

세 명씩 면접장에 들어갔다. 나는 가장 오른쪽에 앉았고,

면접관도 세 명이 있었다. 특별한 것을 물어본다기보다 주로 이쪽 일을 경험해 보았는지를 물었다. 시골에 살았던 나는 백화점에는 아주 문외한이었고, 내심 떨어졌구나 하는 생각을 했었다. 실제로 다른 면접자들과 비교해 나에게 던지는 질문의 양과 시간 자체가 현저히 적었다. 나는 이리저리 눈을 굴리다 예상치 못한 것을 발견하게 되는데 나의 정면에 앉은 면접관의 얼굴을 자세히 볼수록 둘째 삼촌과 굉장히 닮아 있다는 것이었다. 면접관이 한마디 건네올 때마다 삼촌의 구수한 사투리가 겹쳐 들렸다. 나는 어떤 답변을 했었는가에 대한 기억은 없지만 그 이후의 모든 답변을 밝은 미소를 띠었다는 기억은 가지고 있다.

일을 하게 된 후 회식 자리에서 알게 된 것이 있었는데, 내용은 다음과 같다.

"너 들어오기 전에 백화점 면접에서 떨어진 인원이 네 명 정도 됐거든? 그래서 네가 합격했다고 했을 때 다들 궁금해했어. 답변을 아주 잘했나 봐?"

"답변이요? 세 명씩 들어갔는데, 저한테는 질문 자체를 거의 안 했어요."

"그럼 비결이 뭐야? 다음에 들어오는 애들한테 팁 좀 알려줄게."

"팁이라 할 것도 없어요. 음… 웃참 실패?"

증발의 역사

학창 시절 나는 엄청난 농구광으로 시 대표로 대회를 나가기도 하고, 야간자율학습 시간에는 공부 대신 농구잡지를 봤을 정도였다. 점심시간은 물론이고 비 오는 날까지 야외에서 농구를 하려다 넘어지는 바람에 손목을 접질려, 되려 농구를 못 하는 날도 있었다. 이렇게나 열정으로 내가 농구광이라는 것을 설명한 이유는 졸업과 동시에 마치 증발해 버린 것 같은 상황을 마주했기 때문이다.

우리는 살면서 이런 순간을 꽤나 여러 번 경험했으리라

여겨진다. 나는 이것이 내가 열렬히 사랑하던 것과 아무 이유 없이 멀어지게 되는 성숙의 첫걸음마가 아니었을까 생각해 본다.

나는 여전히 농구를 좋아하고 해마다 맥주를 준비해 놓고 NBA 파이널을 시청하지만, 타인에게 구태여 나를 농구광이라고 설명하지는 않는다.

나는 원초적인 재미에는 언제나 유통기한이 존재한다고 생각한다. 사실 내가 농구를 엄청나게 좋아했던 이유도, 그 시절에 친구들과 어울려 노는 그 시절의 나를 사랑했기 때문이 아닐까?

기억은 유기체처럼 살아 꿈틀거리는데,
그 시절의 사랑했던 모든 것들의 실물은 증발해 버렸다.

3부 ——— 거짓이 없어서 더 슬픈

손님에게 배우는 절약정신

대학을 졸업하고 1년 정도 카페에서 일을 했는데, 생각보다 카페에는 다양한 손님이 찾아왔다. 마감 시간이 다 됐다고 일러주니, 자신을 만만하게 보는 거냐며 대뜸 싸우자는 사람도 있었고, 탈수가 온 것 같다며 물을 한 잔만 얻어 마시겠다고 한 뒤 물을 줬으니까 커피도 한 잔 달라는 이상한 논리를 내세우는 사람도 있었다. 그래도 앞서 언급한 사람들은 이상한 모습을 보인 후에 다시 나타나지는 않았는데, 가장 얄미운 사람은 대개가 자주 오는 사람이었다.

항시 공무원증을 목에 걸고 다니던 손님은 올 때마다 많은 인원수를 데리고 카페를 방문했다. 이렇게만 들으면 사장님이 미소를 지을 것 같지만 실제로는 사장님도 꽤 골머리를 썩였다. 당시 판매하는 아메리카노에 에스프레소가 2샷이 기본으로 들어갔는데 여덟 명이서 오면 커피를 네 잔을 시키고 따뜻한 물을 네 잔을 달라고 했다. 기가 차는 것은 다 먹은 후에 빈 컵을 가져다주며 쿠폰에 도장을 여덟 개를 찍어달라고 하는 것이었다. 네 개만 주문하셔서 그렇게는 안 된다고 하면 "아 내 정신 좀 봐."라고 말한 것이 내가 본 것만 해도 10번이 넘어간다.

일해본 자만이 아는 것들이 있다.

'1인 1메뉴, 노 키즈존, 노 시니어존.'

나는 그것들 중 무엇하나 야박하게 느껴지지 않는다.

그저 상처받지 않기 위해, 마음을 덜 내어주는 일종의 절약정신이다.

君子固窮, 小人窮斯濫矣
군자고궁, 소인궁사람의

퇴직금을 주지 않아서 회사 사장을 노동부에 신고했다. 그러자 사장의 메신저 프로필 문구는 '군자는 곤궁함에서도 굳세지만, 소인은 궁하면 멋대로 군다.' 이렇게 공자의 말을 인용한 것으로 바뀌어 있었다. 5년간 몸담았던 회사에서 퇴직금을 떼먹은 이 상황만으로도 울화통이 터지는데, 불난 집에 기름을 드럼통 채로 갖다 붓는 느낌이었다.

속상한 마음을 달래려 친구와 맥주를 한잔하면서 이 이야기를 들려주었더니, 친구는 공자님의 말을 그대로 돌려

주면서 나의 마음을 달래주었다.

"그러게. 소인(회사 사장)은 정말 멋대로 구네."

외모지상주의

외모지상주의는 인간을 범위로 하면 사회적인 지탄을 받는다. 그러나 그 범위를 확대하면 인간이 가진 성정에 대해 사회는 감복한다. 귀여운 동물들을 앞세운 채로 말이다. 동물을 좋아하지 않는 사람들을 냉혈한으로 바라보지만, 어디까지나 반려동물을 유기하는 사람들은 반려동물을 키우던 사람들이기 때문이다. 애초에 가지고 있지도 않은데 어떻게 버릴 수 있다는 말인가. 그렇게 되면 누가 냉혈한인가.

나는 상어가 고양이나 강아지만큼 귀여운 모습을 하고

있었다면, 샥스핀을 파는 중국집 앞에서 피켓을 들고 시위하는 사람들을 심심치 않게 목격했을 것이라 생각한다.

해마다 지느러미가 잘린 채 버려지는 상어가 1억 마리가 넘지만, 사람들은 관심조차 없다.

전선에서의 저녁 식사

군대에서도 가장 꿀 보직으로 통하는 상근 예비역이었던 나는 남모를 고충이 하나 있었다. 그때 나의 상관이었던 장교 출신 예비군 지휘관은 하루 종일 군가를 틀어놓고 출퇴근을 하는 상근병들에게 군인정신에 대해 쉴 새 없이 떠들어 댔다. 동네 면사무소 옆에 면대라는 이름으로 작게 붙어 있던 근무지에는 근무 인원도 고작 세 명이었는데, 아침마다 면대 앞에 서서 군가와 도수체조, 제식훈련을 했다. 아는 얼굴이라도 마주쳤다간 아침에 붉어진 얼굴이 밤까지 돌아오지 않을 만큼 보이기 싫은 모습이있다. 군가를 부를 때마다 "더 크게!"라고 소리치던 예비군 지휘관을 떠올리면 지금도 온몸에 소름이 돋는다. 거기에 더해 항상 전시라고 생각하고, 예비군에게 훈련 통지를 할 때도 전시에 그들을 불러오는 것이라고 생각하며 사명감으로 근무하라고 했다.

상근은 근무지가 자기 집 근처인 것을 생각하면 예비군이라고 칭해봤자, 사실 동네 형들이다. 동네 형들에게 훈련을 가야 된다는 전화를 군인정신으로 입각해서 하기는 여간 힘든 일이 아니다. 전화통화 하는 목소리를 절도 있게 해야 하나 쓸데없는 고민에 빠지려 하던 찰나에 야근을 하겠다고 상부에 전하는 예비군 지휘관의 목소리가 군가에 섞여 들려왔다. 전화를 끊자마자 예비군 지휘관은 저녁 식사를 하러 갔고, 야간 수당을 받는 전시 상황의 저녁 식사가 시작되었다. 그리고 나는 퇴근을 했다.

나는 어지간해선 군대 이야기는 꺼내지 않는다.

박탈감의 상대성 이론과 타조 효과

몇 년 전 인터넷 쇼핑몰에 근무한 적이 있다. 우연한 기회에 아르바이트를 했다가 직원 제의를 받아 근무했던 곳이었는데, 쇼핑몰의 대표는 30대 중후반의 여자로 부잣집 며느님의 콘셉트로 시작해 동년배들의 열렬한 지지를 받는 사람이었다. 그 바람에 5인 미만의 사업장치고는 나가는 물량이 어마어마했다. 처음 아르바이트를 할 때도 사장의 남편이라는 사람이 와 있어서 속으로는 이렇게 바쁠 때만 알바도 쓰고 남편도 도와주는구나, 했었다. 그런데 직원이 되고 보니 남편은 항상 회사에 상주해 있었다.

이 남편의 특징은 출근 시간 10분 전에 도착해 직원들의 지각 여부를 확인하고, 회사 비품비가 왜 그렇게 많이 나간 것인지를 매일 같이 확인하는 것으로 일과를 시작했다. 그리고 그의 가장 주요한 업무는 인플루언서였던 여자 대표의 핸드폰을 쥐고 대표가 정말 사업적인 이야기만을 주고받는지 메신저를 일일이 확인하는 것이었다. 아 물론, 직원들은 그가 그녀를 단속하기 위해 휴대전화를 가져가는 것임을 진즉에 알고 있었다. 그래서 매번 SNS 마케팅을 위한 것이라고 크게 강조하며 휴대전화를 가져가는 그를 보면 타조가 떠오르곤 했었다.

눈만 가리면 자신의 몸 전체를 숨겼다고 생각하는 타조의 성향과 더불어, 심리학 용어인 타조 효과*는 그를 관통하는 용어였기 때문이다. 가장으로서의 권위의식이 충만한 사람이었던 그는 자신은 일을 하지 않는 데에 비해, 날로 커져가는 아내의 사업체는 그에게 박탈감 비슷한 것을 전해주었고, 그녀를 통제하는 것으로 가장의 권위를 대체하려 한 것이다.

내가 퇴사를 결정지은 순간에도 타조 효과는 빛을 발했다. 인플루언서였던 그들의 SNS에는 벤틀리를 비롯해 고가

* 타조 효과란 맹수가 달려오면 타조가 머리를 모래 속에 처박은 채로 도망가지 않는다는 모습을 본떠, 어려움이 닥치면 현실을 회피해 버리거나 상황을 핑계로 자포자기하는 현상을 말한다.

의 슈퍼카들이 즐비했지만 4대 보험을 들어주지 않았다.

“미안해. 곧 들어줄 거야.”

그것을 문제 삼아 퇴사를 통보하자 이렇게 말을 하며 퇴사를 반려했던 그들이었다. 그러나 문제 해결에 나서지 않고 또다시 머리만 감출 뿐, 나는 처음 통보를 했던 것과 같은 사유로 회사를 나오게 된다.

그곳에서 얻어낸 유일한 삶의 지혜는 타인을 바라보며 위안을 삼는 것도, 불행해지는 것도 전부 하잘것없는 이야기라는 것이다. 왜냐하면 그들이 노동법을 나 몰라라 하는 순간에도, 그들의 SNS에는 그들을 찬양하는 댓글이 실시간으로 달렸고, 여전히 남편은 아내에 대한 감시를 멈추지 못했기 때문이다.

누군가에게 보이도록 만들어진 세계와 실제로 살아가는 세계의 상대성을 깨닫지 못하면 우리는 타조를 닮은 삶을 살아가게 된다.

알로에 아줌마

90년대 초반에는 화장품 방문 판매가 유행이었다. 우리 동네에 자주 찾아오시던 판매원 아주머니 한 분은 그가 파는 상품에 빗대어 통상 '알로에 아줌마'로 불리기도 했다. 나는 요즘 유행하는 흔히 '성공학 팔이'들을 보면 '알로에 아줌마'가 떠오른다.

"저처럼 하시면 누구나 월 1,000만 원 가능합니다!"

"이 화장품을 쓰면 피부가 백옥처럼 변합니다!"

그들은 동일한 판매방식을 고수했는데, 삼십 년이라는 시간이 지나 시대상에 걸맞은 비대면으로 판매방식이 변했다는 것 말고는 큰 차이를 느끼지 못했다.

시골 인심과 햇볕정책

나는 시골 인심이라는 말을 좋아하지 않는다. 적어도 내가 사는 동네에서는 마주한 적이 없기 때문이다.

군부대 인근 지역에서 흔히 벌어지는 악행은 주말마다 물가가 요동친다는 것이다. 평일 한 시간에 천 원이던 PC방 요금은 삼천 원이 넘어가고, 허물어져 가는 여관방의 숙박비가 십만 원을 훌쩍 넘겼다. 놀랍게도 십수 년 전의 물가로 말이다.

그리고 여름철이 되면, 군인을 타깃으로 하던 눈탱이는

범위를 넓혀, 물놀이를 하러 오는 모든 피서객에게 적용했다. 갈비나 백숙을 먹지 않고서는 계곡에 발조차 담그지 못하게 했다.

시골 인심을 필두로 지역사회를 홍보하는 것을 마주할 때마다 나는 이상한 기시감과 함께 햇볕정책이 떠오른다.

우리가 쌀을 넘겨줄 때, 그것으로 미사일을 만들어 댈 줄은 몰랐던 것처럼…

사탄의 주문

친구 중 한 명은 모든 것을 돈과 결부시켜 말하곤 했다. 포켓몬 GO의 광풍이 불어닥쳤을 때도 다른 친구들에게 이렇게 말했다.

"그거 잡으면 돈 줘? 왜 하는지 이해가 안 되네."

사실 저 말에 사로잡히면 아무것도 할 수가 없다. 우리가 왜 월드컵, 올림픽에 목을 매는가.

열정적으로 응원하는 사람들에게 돈을 쥐여주기는커녕 더 가까이서 보기 위해 되려 아주 비싼 값을 주고 티켓을 구매하기도 한다.

우리가 바보라서가 아니라 여가 활동이라는 것은 단순한 여흥을 넘어 노동의 가치와도 직결되는 것으로, 누군가에겐 삶을 이끌어 나가는 가장 중요한 가치척도로도 작용하기 때문이다. 그런데 사사건건 "그걸 왜 해? 돈이 돼?" 이 말을 갖다 붙이기 시작하면 그 말을 뱉는 순간으로 하여금 모두가 가치를 잃어버리는 사탄의 주기도문으로 탈바꿈한다.

아주 아이러니하게도 그 친구가 사탄의 주기도문을 읊지 않는 경우는 예쁜 여자와 함께 있을 때였다.

"이거 먹을래? 이거 사줄까? 이거 갖고 싶어? 이번에 차를 바꿨는데 데리러 갈까?"

나는 반대로 되묻고 싶어졌다.

"돈도 안 되는 거 왜 그렇게 열심이야?"

그러나 내가 그 말을 실제로 뱉는 일은 없었다. 다수의 친구들이 그럴 필요가 없다며 제지했고, 대신 친구들은 그런 말을 듣고 싶지 않을뿐더러, 불쾌하니 앞으로 그러지 말아 달라는 말을 전했다.

나는 그때를 굉장히 성스러운 순간으로 기억하고 있다. 그도 그럴 것이 친구들의 지혜로움으로 나의 입에 사탄이 깃드는 것을 막았으니 '성스러움 앞에 사탄이 무릎을 꿇는 광경이었노라.' 하고 말이다.

나는 오늘 불행해지기로 했다!

문명이 세워진 이래로 비교는 어느 시대에나 존재했지만 지금처럼 자기 전까지 남을 훔쳐보면서 비교에 나섰던 적은 없었다.

"나는 오늘 불행해지기로 마음먹었다!"

마치, 흔한 에세이의 제목처럼 불행해지기로 마음이라도 먹은 양, 각오를 다지듯이 남을 훔쳐본다. 불행하기 위한 노력을 한다. 가슴에 납덩이가 들은 것처럼 갑갑하고, 병원을 찾아도 그 원인을 모른다고 하면 당장에 인스타그램을 지우길 추천한다.

당신이 삶의 권태로움을 느끼는 이유가 비교에서 비롯된 것이라면 머지않아 당신은 자기 자신에게 살해당하고 말 것이다.

불친절한 금자 씨

남숙 씨는 퉁명스럽기 그지없었다. 새로운 사람이 회사에 들어오면 편을 가르는 것을 필두로, 예쁜 여직원이 들어오면 괴롭혀서 내보내는 것으로 명성이 자자했다. 직원 간의 불화는 윗선에서도 껄끄러워하는 문제였지만, 정도가 심해지면서 직원들 사이에서도 회사 차원의 조치가 필요하다는 것을 절실히 느끼고 있었다. 유능한 신입을 속절없이 떠나보냈던 몇몇 직원은 정식으로 회사에 건의를 하기에 이른다. 그러나 회사에서 손을 쓰기도 전에 역풍이 불어왔다.

예쁜 사람을 괴롭힌다는 것으로 정평이 나면서 반대로 그가 잘해주는 사람은 못생긴 사람이라는 공식이 생겨버려, 누구도 남숙 씨를 가까이하지 않았다. 오히려 자신의 미모를 증명하기 위해 미움을 바라는 이도 생겨났다. 어느새 남숙 씨는 고립되어 갔다.

이번에 새로 들어온 직원은 아주 친절한 사람이었는데, 혼자 식사를 하고 있는 남숙 씨의 옆자리에 앉으며 말을 건네왔다.

"왜 식사 혼자 하세요? 같이 먹어요."

불친절했던 남숙 씨는 섬처럼 혼자가 되고서야 친절을 배워나갔다.

"…"

나는 그가 정말 그랬으리라 믿고 싶다.

식탐의 정의

나는 어릴 적부터 식탐이 많았다. 뭐든지 배불리 먹여주는 가풍 덕에 외식을 하는 날에도 양이 부족했던 적은 단 한 번도 없었다. 그래서 나는 대학교에서 한 동기를 마주하기 전까지는 단순히 많이 먹고 싶은 것, 남기더라도 더 먹고 싶은 욕심에 음식을 많이 시키는 것, 그게 식탐인 줄 만 알았다. 그러나 새로 접한 식탐의 정의는 차원이 다른 것이었다. 상식선에서 자기의 식사량이 2인분이면 2인분을 시키면 되고, 3인분이면 3인분을 시켜 먹으면 되는데, 1인분을 시키고서 타인에게서 뺏어와 2인분, 3인분을 채우려고 하는 것이었다. 사람들은 이런 성향을 가진 이들을 식탐충이라고 불렀다.

동기 중에는 이 식탐충 표본에 아주 가까운 이가 한 명 있었는데, 그 친구는 술은 입에도 대지 않으면서 술자리에는 항상 자리를 채웠다. 안주가 나오자마자 자신의 끼니를 때운 후에 배가 부르기 시작하면 일이 있다면서 자리를 뜨는 것이 가장 큰 특징이었는데, 한번은 참다못한 다른 동기가 네가 먹은 안줏값은 미리 내고 가라는 말을 하자 이 식탐충의 반응은 엄청났다. 술도 안 먹는 자기가 왜 돈을 내야 하냐며 있는 대로 소리를 질러댔다. 술집에 있던 모든 사람들의 이목이 집중될 만큼 큰 소리였고, 더욱이 충격이었던 것은 씩씩거리면서 자리를 박차고 나가는 순간에도 입 안에는 다 씹어 삼키지 못한 안주들이 가득했기 때문이다.

나는 그 친구와 내가 멀어진 이유가 오로지 식탐 때문이라 생각지 않는다. 인간관계를 기만하는 자들은 어떤 모습으로든 타인에게 불편감을 선사하는 것이 특징이고, 그 친구의 이기심이 가장 두드러지게 보이는 것이 식탐이었을 뿐이다.

어른이 보여줘야 하는 어른스러움

내가 살던 곳은 추운 곳이라, 동장군이 찾아올 때마다 지역에서는 축제를 열었다. 나도 그곳에서 아르바이트를 했었다. 축제에서는 눈썰매, 얼음 썰매, 얼음낚시와 같은 것들을 할 수 있었다.

그때 입장권을 스키장 리프트권처럼 입고 있는 외투 지퍼에 고리를 걸어, 고리에 스티커를 부착하는 방식으로 판매했었는데, 사업 수완이 뛰어난 아르바이트생 몇몇은 관리자가 자리를 비울 때마다 입장객들에게 전혀 다른 안내

멘트를 하고 있었다.

"번거롭게 스티커 붙이지 않으셔도 되고요. 나가실 때 스티커만 반납해 주시면 감사하겠습니다."

지역 축제의 특성상 현금 사용이 많았고 이 점을 악용한 것이다. 현금 사용 고객이 스티커를 반납하고 가면, 입장권을 도로 넣어두고 자신이 그 현금을 챙겨갔다. 그때 당시 시급이 오천 원이 채 안 되었던 것을 감안하면, 임금보다 횡령으로 버는 돈이 훨씬 더 많았다는 얘기다. 얼음낚시의 경우 입장권이 만 원이 넘었었다.

처음에 그것을 시도한 아르바이트생이 자신의 죄책감을 덜기 위해, 혹은 범죄의 침묵을 도모하기 위해 같이 근무하는 친구에게 알려주었고, 그 친구는 또 다른 친구에게, 또 다른 친구는 다른 파트에 있는 친구에게 전하면서 일파만파 퍼져갔다. 결국, 수뇌부에까지 이 이야기가 흘러 들어갔다.

이때 당시 아르바이트생들 사이에서는 "이걸 하지 않는 놈이 바보다."라는 말까지 나왔었다. 끝까지 양심을 지켜온 바보 몇 놈들은 그들에게 사회의 쓴맛을 보여주기를 내심 바랐었다. 그러나 어른들은 오히려 이제는 그러면 안 된다며 회식 자리를 빌려 잠시 타이를 뿐 아무런 조치도 취하지 않았다. 지역사회의 이름을 내걸고 하는 행사인 만큼 외부에 이런 잡음이 새어나가는 거 자체가 더 큰 문제라고 여겼고, 쉬쉬하기로 한 것이다.

정직함을 고수하던 바보들은 축제가 끝날 때까지 바보로 남았고, 자존심이 센 바보들은 축제가 끝나기 전에 알바를 그만두었다.

심지어 나는 내가 그만두는 날까지 그 말을 들었다.

"나가실 때, 반납해 주시면 감사하겠습니다."

어른이 어른스러움을 제때 보여주었다면, 뒤돌아서자마자 죄책감을 잊어버리는 일은 없었을 것이다.

세월이 흘러 그때의 그 아이들이 이제는 부모가 되었다.

역대급, 기록적인!

뉴스에서는 매년 최악의 경기 불황을 이야기한다. 그리고 역대 최고의 한파가 올 것이라는 것도 함께.

나는 초등학생 때부터 성인에 이르길 한 번도 빼놓지 않고 들어왔던 이 이야기가 불행을 견디기 위해 만들어 낸 일종의 프로파간다가 아닐까 생각했다. 행복한 기억은 손에 꼽는 데 비해 불행은 매해 기록을 경신하고, 내년에도 역시나 기록적인 불행이 찾아올 테니, 벌써 무너질 필요가 없다는 빅브라더의 선전문구다. 매해 그래왔듯이 올해가 가장 힘들다.

"올해 불행도 역대급! 기록적인!"

작은 것들의 신

한국은 유행에 민감하다. 무언가 하나가 잘 팔리기 시작하면 비슷한 것들이 우후죽순 쏟아져 나오곤 하는데, 출판 시장도 예외는 아니었다. 소위 잘 팔리는 책과 어깨를 나란히 하고 싶다든지, 서점에 한 귀퉁이에라도 자리를 꿰차고 싶은 마음에 일단은 적고 보는 것이다.

애초에 작가로서의 소신 같은 건, 글을 정말 잘 쓰는 사람이나 가지는 것이라 생각이 들어 나와는 거리가 멀게만 느껴졌었다. 그러나 연애편지나 다름없는 책들이 서점 한

가운데를 빛내던 순간에, 있지도 않은 소신 같은 게 왜 떠올랐는지는 나도 잘 모르겠다.

그 과정이 나에게 일깨워 준 것은 누군가의 지갑을 열지 못하는 글들은 오로지 작가 스스로의 추억 속에만 존재하게 된다는 것이고, 또 생활고를 넘어서지 못하는 작가의 소신을 여럿 목격하게 되면서, 나만의 이야기가 하고 싶어 처음 글을 시작한 사람들이 결국에는 누군가의 눈에 들기 위한 글만을 써 내려가다 자기 자신을 완전히 잃어버리는 광경을 마주하게 된다는 것이다.

이 책이 유행처럼 쏟아져 나오는 그저 그런 산문집 중에 하나냐고 묻는다면, 나는 딱 잘라 아니라 말할 자신이 없다.

몽매주의자

나는 세상으로부터 강요받았던 모든 것을 뒤로하고 스스로 선택지를 만들어 낼 수 있을 때까지 몽매주의자가 되기로 했다.

4부 ——— 나는 아직도 나를 모른다

열아홉 소풍

열아홉에 긴 여행을 떠난 친구가
불쑥 꿈에 나왔다.
깨고 나서야
몇 년 만인지 손가락으로
세어본 걸 보면
아마도 나는 꽤 오랜 시간 동안
너를 잊어버리기라도 한 모양이다
꿈속에 너는
나의 늙은 모습이
부럽다 말했고,
꿈속에 나는
너의 열아홉을 부럽다 말했다.

나는 그 말이 후회돼 며칠을 울었는지 모른다.

가면의 뒷면

나의 내면 깊숙한 곳에 자리한
어두운 면모를 들킬까 겁이 나서
밝은 모습으로만 사람들을 대한다.
별것 아닌 것으로 엄마한테
불같이 화내는 모습은
나를 아는 사람들의 내 모습은 아니다.

그러다 보면 밝게 지낼수록
더욱더 어두워지는 내면을
마주하는 기현상이 벌어진다.

해가 좋은 날은 밖에 우두커니
서서 이렇게 외치곤 한다.

"별이 들걸랑 내 마음까지 들어라."

"…"

"엄마. 미안해."

고민 雲(운)

누군가가 고민을 구름에 적어
흘려보낸다길래
그것참 좋은 방법이구나 손뼉을 치다가도,
비라도 올라치면 괜스레 남의 고민이
머리 위로 쏟아져 내릴까
우산을 내려놓지 못하는 나를 발견한다.

누군가의 고민이 산등성이를 넘어갈 적에도
나는 그것을 우두커니 바라만 보았다.

간절함에 기준이 있던가

실력보다 간절함이 우선시된다면,
실력보다 눈물을 키우는 사람들이 더 많아진다.
그러다 보면 간절함을 어필하기 위해
얼마나 불쌍한지 뽐내기 시작한다.
기회 앞에 모인 추악함이 임계점을 넘어가자
기회는 자취를 감추었고,
휘발되고 남은 부산물에는
무엇도 타오르지 않았다.

그저 모여 앉아 옛이야기에
열을 올릴 뿐이다.

갑이 되는 주문

경험에 의하면 돈을 빌리고
을이 된 놈은 단 한 명도 없었다.

갑의 횡포는 갑이 돈을
다 갚을 때까지 계속되었다.

진격의 데카당스

마음만 먹으면 누구나 작가가 될 수 있지만
책을 올려둘 서점에는 빈자리가 없다.

사소함이 비극이 되는 과정

사소함을 받아들이는 차이가 비극을 예방한다.

저녁 식사 비용을 고민하지 않는 자와
가난함으로 매 끼니를 걱정하는 자가 있다.
두 사람 집의 형광등이 동시에 망가졌다면
누군가에겐 그것이 결코 사소함으로 다가오지 않는다.

깊은 상처를 대수롭지 않게
여기는 자에게
나의 마음 내어줄 수가 없고,
나의 고뇌가 그에게 사소함이라면
비극은 이미 대문을 두드리고 있다.

때로 사소함은 비극의 원천이 된다.

낙원의 저편(: 인스타 너머)

무언가를 가지고 싶다는 갈망을 현시욕이
뛰어넘었을 때, 취향이라는 것 자체에 의구심이 든다.

누군가는 우울이나 트라우마를 멋진 포장지로 감싸고,
누군가는 포장지가 남아돌아
어떤 우울과 트라우마를 만들어 낼지를 고민한다.

낙원의 그림자가 드리운 곳은
그 어느 곳보다도 짙은 어둠이다.

염세와 해와 달

그늘진 마음에 볕이 드는데

왜 나는 바래지는 것을 걱정하는가.

허깨비와의 사투

원래 있었던 사실 몇 가지를 가미한 소문은
악의를 품은 근원지를 색출해 내도
세상에서 사라지지 않았다.

사실로 탈바꿈한 소문은
실체 없는 허깨비가 되어
매일 밤 나를 괴롭혔다.
나는 아마 내일 밤도
슬퍼지겠지.

나는 단 한 번도
허깨비와 싸워서
이긴 사람을 본 적이 없다.

염세와 해와 달

해가 떠오르고 자취를 감춘
달빛 아래 반짝이던 것들

나는 언제나 찾아오는 밤이
왜인지 모르게
하루쯤은 나를
배신할 것만 같아

낮에도 그 자리를 떠나지 못했다.

히키코모리

방구석에 틀어박혀 있는 시간이
길어지면 길어질수록
인간의 진화론적 관점을 부정한다.

인간은 사회적 동물이고
서로 지탱할 수밖에 없게끔
진화되었다는 말은
굳게 닫힌 방문이
내가 도태된 것처럼 느껴지게 하기 때문이다.

나는 진화를 거듭하여
혼자서도 살아갈 수 있게 되었다고 믿는다.

도망자의 앞모습

시험에 낙방한 사람들에게 건네는 위로는 대개가 '노력하면 잘될 거야.'와 비슷한 부류의 말들이다. 얼마나 열심히 했는지는 본인이 가장 잘 알고 있지만, 이렇듯 실패한 결과로서 성실함을 증명해 내는 것은 불가능에 가깝다.

그런데도 성실함을 의심받는 이 상황을 자격지심이라고 함부로 말해서는 안 된다. 도망치는 것이 습관이 되어버린 사람들도 그 시작점엔 저마다의 사연을 가지고 있다.

온 세상이 나에게 무관심한데도 나는 아무도 나를 모르는 곳으로 떠나는 상상을 자주 하곤 한다.

산타의 선물이 달콤한 잠이길…

아주 작은 고민들이
밤새 나를 괴롭힐 적엔

아파트에 살고 있던 나는

굴뚝이 없어서
산타가 찾아오지 못하는
걱정을 했다.

5부 ——— 그토록 푸르던 바다가

밤의 색을 띠고

있을 때에도,

나는 너의 색으로

채워져 있었다

벚꽃이 내린다

벚꽃을 가만히 보고 있으면
겨울이 마지막 인사를 건네듯이
꽃잎이 눈처럼 쏟아져 내린다.

겨울이 봄에 완전하게 밀려나는 광경.

무심코 꽃잎을 밟으면
'뽀드득'
눈 밟는 소리가 날 것만 같다.

스물다섯

서투른 이별에 속절없이 아파했던
스물다섯의 청춘은 십 년 뒤를 예견이나 했을까.
아주 친밀했던 것들과
담담히 멀어지는 모습들을,
대상이 없어진 그리움들을,
그것들을 마치 성숙이라 일컫는 어른들을…

이정표

들꽃을 한 아름 꺾어서 가져다주었더니,
꽃을 함부로 꺾어대는 사람이었냐며
한껏 구박을 하고 떠나버렸다.

사랑은 종종 이정표를 잃어버린다.

화창한 날에도 장마는 찾아온다

나를 사랑하지 않음을 고해오는 것보다,
나를 사랑하지 않음을 눈치채는 것이
훨씬 아프다.
누군가는 유효기간이 지난
사랑을 억지로 연장하고,
누군가는 사랑하지 않는 척을 한다.
보통의 사랑이
보통의 이별이 되듯
아주 화창한 날의 아침이라고 해서
장마가 오는 것을 막을 수 있는 것은 아니다.

화창한 날에도 어김없이 장마는 찾아온다.

슬픔을 반으로 나누면

슬픔을 반으로 나누고
또 나누었더니
체에도 걸러지지 않을 만큼
작은 크기로도 아파지네.
태평양 한가운데를 떠도는
부유물이 되는 상상을 해야지.

그저 바쁜 하루의 부산스러움을
반갑게 여겨야지…

모든 게 거짓말이다

눈짓 하나에
사랑이 식었음을
직감하는 것은
만물이 거짓을
말하는 것 같다.
바람에 흔들리는
풍경소리도 거짓말
편지지에 연필
서걱거리는 소리도 거짓말.
모든 게 다 거짓말이다.

나는 진심으로 사랑한 적
없다는 거짓말을 하고,
다시는 사랑에 빠지지
않을 거라는 거짓말을 한다.

모든 게 거짓말이다.

초연함

내가 원해서 이별을
연습하게 된 것은 아니다.
나는 어느새 초연함을
가지게 되었고,
사랑을 가장한 우연을
조금이나마 감정할 수 있게 되었다.
나는 주춤거렸다.
그리고 사랑 앞에 대범해
질 수 없냐고
소리치는 사람들에게
이렇게 말했다.

염세주의자는 삶에 대한
감탄은 잃어버릴지언정
슬픔으로 인해 파괴되지는 않는다고.

이별이 가져오는 초연함은 그런 것이다.

이별의 아픔은 열렬히 사랑했던
나의 과거에 보내는 찬사다

죽을 듯이 아파도
이별이 무서워
사랑에 무뎌지는
연습을 하지는 말자.

아끼는 스웨터를 입고
조심히 커피를 마시던 장면을,
바람에 날려 쓰고 있던 모자가
강가에 낙엽처럼 흘러가도
미소를 짓던 장면을
억지로 지우지는 말자.

이별의 아픔은 열렬히 사랑했던
나의 과거에 보내는 찬사다.

늦은 여름과 빠른 가을 사이

더위가 한풀 꺾였다.
연거푸 내리는 비를 사람들은 가을비라 칭한다.
팔에 남아 있는 미온의 빗물만이
뜨거웠던 여름을 상기시킬 뿐이었다.
언제나처럼 한낮의 무더위는 지나갔고,

우리는 잊어버리는 데 여념이 없다.

인생의 대부분이 고역이지만,
일생일대의 행복한 기억을
되새김질하며 살아가듯이
선선한 바람이 불어오는 찰나에도
무더위를 잊어버린다.

우리는 여름과 가을 사이에 서서,
잊어버리는 것과 익숙해지는 것의 사이에 서서,
상처받지 않고 나아가는 법을 배운다.

늦은 여름과 빠른 가을 사이에 서서…

오아시스를 찾으려 애쓰지 않아도 돼.
사막을 만든 건 우리니까

사막과도 같은 관계 속에서 오아시스를 찾으려 한다고 길을 물어오는 사람이 있거든 이렇게 말해줘.

"오아시스를 찾으려 애쓰지 않아도 돼. 사막을 만든 건 우리니까."

6부 ——— 가끔 구름은 바람이 밉다

포기할 용기

시작하는 용기보다
그만두어야 할 때가
훨씬 더 큰 용기가 필요하다.

사색에 잠길 만큼
조금의 여유만 생겨도
또다시 꿈을 꾸기 때문이다.

온기에 관하여

고달플 때면 미친 듯이 온기를 갈구한다.

사람이 참 간사한 게
미적지근한 칭찬 한마디에
눈물이 멈추지 않을 때는
칭찬에 인색해지지 말아야지
다짐하지만,
조금만 살만하면 남의 눈물이
마음속 깊은 곳에서 뿜어져 나오는 건지
문지방에 발가락을 찧은 바람에 나오는 것인지
의심의 눈초리를 쉽사리 거둘 생각이 없다는 것이다.

덧붙여 무서운 사실 하나를 이야기하자면,
사랑에 빠지게 되는 가장 허다한 일이
온기에 허우적거릴 때라는 점이다.

젊음은 매 순간 소비된다

젊음이란 이름으로
게으름을 피울 때는
젊음이 얼마나
소비되는지 모른다.
그러나 대부분의 기회가
청춘의 모습을 하고 있다는 것을
깨달았을 때는
이미 과소비를
깨달은 시점이라는 거다.

젊음은 매 순간 소비된다.

혁신의 퇴화

고대 노예들의 값싼 노동력이
기술의 혁신을 방해했다면
현대에는 청년들이 가진
노동력을 후려쳐
임금의 혁신을 방해했다.

캥거루족

부모가 가정을 이룬 나이를 넘어서도
부모의 그늘을 벗어나지 못하니

자식을 담은 주머니가
땅에 닿을 듯 늘어난 것인지
허리가 더 굽은 것인지 구분되지 않았다.

너울주의보

시간이 너무 빠르게 흐르는 나머지
구름마저 너울져 보인다.
주름에도 너울이 생긴다.

엄마야, 아빠야 크게 부르지 않으면
이젠 돌아보지 않는다.

울었다가, 웃었다가

내 마음에도 너울이 생긴다.

부서지는 것들

목적 없는 글들이 공명을 일으키고
가짜로 꾸며낸 것들은 저절로 서걱거리며 부서진다.

나는 내가 싫어하는 내 모습을
타인이 좋아하게 됐을 때,
과감해질 수 있을까?

때때로 완전히 부서져 버린 것들을
흉하게 이어 붙이며 훌쩍였다.

연말연시

모두가 들뜬 분위기에
나만 겉도는 기분이 들어
일단 거리로 나가본다.
새해에 세워두었던 계획과 목표,
후회가 한군데 뒤섞여
폭포의 낙수 지점에서
잠겼다가, 떠올랐다만을
반복하는 나뭇잎이 된 것만 같다.
인파에 떠밀리듯이
또 다이어리를 사고,
첫 장을 멋들어지게
장식하면서도

그것을 끝까지 채우지 못하는 망상이
머릿속을 떠나지 않았다.

만리장성

자신과 같은 처지로 끄집어 내리려는 습성을 가진 자들은 하나도 빠짐없이 평등을 주장하는 사람들이었다.

자신은 아니라며 길길이 날뛰던 자에게 막대한 부를 손에 쥐여주었더니, 그가 가장 먼저 치른 비용은

재산을 방비하는 비용이었다.

예술가 올려치기

창작의 고뇌라는 말은 예술가를 고평가하기 위해 만들어진 말이다. 책을 한 번도 읽지 않는 이가 책을 낼 수 없듯이 하늘 아래 완전히 새로운 것은 없다.

훈련을 통해 갈고 닦은 모방을 내어놓는 것뿐.

오랜 무명에 대한 화답

글을 쓰는 모든 이들에게 내재되어 있는 감정은 유명해지고 싶다는 것이다.

유명세보다 예술적 가치 탐구에 목적이 있다고 떠드는 것은 예술가라는 타이틀에 숨어 무명의 도피 생활을 즐기는 것이나 다름없다.

예술에 있어 대중의 평가는 필수불가결한 것이고,
본디 예술이라는 것 자체가 유명해지기 전까지는

모든 게 허구이기 때문이다.

청춘은 왜 슬픈 얼굴을 하고 있는가

어떤 장면들은
머릿속이 아니라
장면 자체가 각막에
새겨진 것처럼
눈앞에 떠오를 때가 있다.
거울 앞에 한참을
서서 현실을 체감해도
뜨거웠던 스무 살의 여름이
눈앞에 아른거린다.

아아

지는 낙엽도 청춘을
그리워하려나
혹시 울창한 숲을 떠올리려나.

주름져 가는 나의 청춘은
부서지는 낙엽에도 신음했다.

위로 자판기

가끔은 위로를 파는 자판기가 있었으면 싶다. 나의 일거수일투족을 알고 있는 사람들이 건네는 위로가 대부분 나를 더 아프게 했었다. 나를 잘 알고 있다는 이유로, 다 나를 위한다는 이유로, 나를 아프게 했었다.

나를 동정하지 말아 달라는 애처로운 눈빛을 보낼 필요가 없는,

그런 위로를 뽑을 수 있는 자판기가 있었으면 싶었다.

7부 ——— 괴짜들이 모여 살던 곳

그 남자의 여름 파훼법

고등학교 윤리 선생님은 한여름에도 검은색 점퍼를 입고 다녔다. 비 오는 날은 실제로 쌀쌀하다고 느끼기도 하고, 학교와 같이 중앙난방을 하는 경우 개인에 맞춰 온도를 조절할 수 없기 때문에 대수롭지 않게 여겼다. 처음 의혹이 불거졌을 때는 햇빛이 쨍쨍하고 개미의 행렬도 무더위를 피해 그늘을 찾아다닐 것만 같은 날씨에도 어김없이 검은색 점퍼를 입고 나타났을 때였다.

학생들 입에선 농담 섞인 여러 의혹이 오르내렸다. 몸이

워낙에 허약해서 점퍼를 달고 사는 것이다, 전직 조폭이었고 팔에 두른 문신을 가리기 위해서다, 저주에 걸린 것이다, 등등 학생들의 궁금증은 날로 커져갔다.

남모를 사연이 있을까 학생들도 조심스러웠고, 의혹이 불거진 한여름에서 여름의 끝자락이 될 때까지 묻지 못했던 질문이 드디어 뱉어졌을 때는 저 멀리서 침을 꼴깍 삼키는 소리가 들려올 만큼 반에는 왠지 모를 긴장감이 맴돌았다.

"이렇게 덥게 다니다가, 점퍼를 벗으면 한 번에 엄청 시원해져."

황당한 이야기에 반 아이들은 폭소를 터뜨렸다. 나는 이리저리 채널을 돌리다 홈쇼핑에 사계절용 점퍼라는 글씨만 보이면 절로 미소가 지어진다.

주변에 괴짜들을 유심히 살펴보자. 그들은 남들보다 몇 배는 즐겁게 삶을 즐기고 있다.

모두투어 휘날리며

군대를 전역하고 대학교 복학 전에 친구와 홍콩 패키지 여행을 다녀왔었다. 4박 5일 패키지여행 중에 마카오로 향하는 4일 차에 만난 가이드는 무언가 굉장히 허술해 보였다. 자기만큼 이곳을 잘 아는 사람이 없다고 말하며 마이크를 든 손을 덜덜 떨었다. 특히나 팁을 유도하는 멘트를 칠 때는 더 많이 손을 떨었다. 여기저기 사람들이 웅성대는 소리에 "초짜네."라는 말이 가장 많이 섞여 있었다. 버스에서 내려 도보로 10분 이상 이동을 해야 하는 상황이 생겼는데 가이드를 선두로 2열 종대 대형으로 이동했다. 삼십 명이 넘는 인원을 인솔하는데도 불구하고 앞만 보고 직진을 한 나머지 두 번의 횡단보도를 건너는 동안 인원은 절반 이하로 줄어들어 있었고, 더욱이 우리가 가이드에게 이 사실을 전하기 전까지도 가이드는 상황을 알아채지 못했었다. 이탈자를 확인한 가이드는 당황한 기색이 역력했는데, 이를 틈타 자꾸만 팁을 요구하던 것에 불만을 표한 한 아저씨가 "이렇게 하면 팁 못 드려요."라고 말을 하자, 굉장한 일이 벌어졌다. 두리번대던 가이드는 광장 한쪽에 있던 벽돌담 위에 서서 들고 있던 여행사 이름이 적힌 깃발을 연신 흔들어 댔다. "모두투어! 모두투어!" 흡사 올림픽 기수단을 연상케 하는 모습이었다.

"모두투어! 모두투어!"

친구와 나는 웃느라 시간 가는지를 몰랐지만, 그 덕에 다시 사람들을 끌어모은 시간 역시 많이 지체하지 않았으리라 생각한다. 우린 일정대로 움직여 그 지역의 명물이라는 에그타르트도 문제없이 맛볼 수 있었다.

나는 이따금씩 맛있는 에그타르트를 먹을 때면 귓가에 그 소리 맴돈다.

"모두투어… 모두투어…"

불면증을 없애는 법

수면과학 박사 존 피터 교수는 대부분의 불면이 걱정과 불안에 대한 망상을 떨쳐내는 못하는 것으로, 마음이 편안해지는 망상으로 대체하면 잠에 빠지게 된다고 말했다. 나는 바다에 튜브를 타고 둥둥 떠다니는 상상과 풀벌레 소리를 들으면서 해먹 위에 있는 상상을 주로 했는데 그럼에도 잠이 오지 않았다.

왜냐하면 수면과학 박사 존 피터 교수 역시 나의 망상이었기 때문이다.

적성검사

'벌구'는 입만 벌리면 구라(거짓말)를 내뱉는 친구를 일컫는 별명이었다. 학창 시절 그의 거짓말은 놀림거리가 되었지만, 벌구가 동대문 옷 가게에 취업한 뒤로는 천부적인 재능으로 탈바꿈했다. 마치 축구선수가 유럽의 빅 클럽의 오퍼를 받는 것처럼, 동대문 옷 장사계의 빅 클럽들이 눈독을 들였다. 그의 플레이를 넋 놓고 감상했을 때를 떠올리자면 이렇다.

"그거 하나 남은 거라, 지금 안 사면 언제 들어올지 몰라요. 전화번호 남겨주시면, 예약은 걸어둘게요."

안절부절못하던 손님은 하나 남은 옷을 구매했다. 손님을 친절히 엘리베이터 앞까지 배웅해 준 벌구는 돌아오자마자 분명, 마지막이라고 했던 옷의 재고를 꺼내 와 진열을 했다.

태양인

내 친구 중에는 여름 방학이 끝나고 얼굴이 새카매져서 온 친구가 있었다. 물놀이를 좋아했던 나는 그 친구에게 배신감 비슷한 감정이 들었다. 그렇게 내가 같이 물놀이를 가자고 할 때는 자기는 수영을 못해서 싫다고 거절한 것만 수십 번인데 방학이 끝나고 나니, 특히나 이마 부분은 방학 내내 물놀이를 한 나보다도 훨씬 더 검었다.

"네가 지금 나를 따돌리고 다른 데서는 잘만 수영을 했다이거지?"

나는 화가 난 채로 어리둥절한 표정을 짓는 친구를 잡아 끌어 거울 앞에 섰다.

"네가 물놀이를 안 했으면, 어째서 나보다 얼굴이 까만 건데!"

그제야 납득이 되었다며, 방과 후에 자신의 집으로 오라고 했다. 나는 만약 이 친구의 집에 수영장이라도 딸려 있는 거라면, 더 크게 화를 내려고 했었다.

"저길 봐. 이제 이유를 알겠지?"

친구가 손으로 가리킨 곳에는 창문 앞에 바로 컴퓨터 책상이 놓여 있었는데, 커튼이 없어서 햇빛이 그대로 들어오고 있었다. 햇빛이 드는 자리에서 방학 내내 컴퓨터를 한 탓에 얼굴이 그을린 것이었다. 햇빛을 견뎌내기 힘들 때마다 선캡을 썼는데, 사이즈가 조금 큰 선캡이 눈썹 근처로 내려오는 바람에 이마가 더 탄 것이라고 말했다. 나는 실제로 그 자리에 앉아보았고, 직사광선에 눈을 찡그리면서 친구의 말을 완전하게 납득할 수 있었다.

얼마 지나지 않아 그 친구가 전교에서 스타크래프트를

제일 잘한다는 소문이 들려왔다. 태양에게 이마를 내어주고 얻어낸 값진 징표였다.

마법사도 연말정산이 되나요?

캐릭터를 육성하는 RPG 게임에 빠져 사는 친구 한 명은 게임 동호회에서도 활발히 활동했다. 한번은 자신의 길을 찾았다면서 아주 행복한 표정으로 동호회에서 있었던 일을 이야기를 우리에게 해주었다. 게임 동호회에서 입지가 두터운 친한 형의 이야기였는데, 그 형이 이번에 획득한 아이템 하나의 가격만 수백만에 이르고, 이렇게 얻는 소득을 1년 치로 상정해서 직장인과 비교를 한다면, 연봉이 3,300만 원이나 된다는 이야기였다. 너무 솔깃했다. 직장을 다니면서 스트레스를 풀기 위해 하는 것이 게임인데, 게임으로 돈을 번다면 그야말로 놀면서 돈을 버는 게 아닌가. 모여 앉은 모두가 귀를 쫑긋 세웠고, 그중에서도 유독 과몰입을 한 친구가 이것저것 꼬치꼬치 캐묻기 시작했다.

"그 동호회 형님은 게임 내에서 직업이 뭐야?"

"아 그 형님? 마법사야. 게임 내에서도 랭커**일걸?"

"그러면 직업이 마법사고 연봉이 3,300인 거네?"

마지막 질문이 가장 히트였는데, 아마 게임 아이템으로 번 돈은 소득신고를 어떻게 하냐는 의미였을 것이라 짐작해 본다.

"마법사는 연말정산은 안 되는 거지?"

** 게임 유저들 중에서도 자신의 이름을 '스코어 보드' 상위권에 이름을 올릴 정도로 성적이 높은 유저

폭풍의 입학생

내가 살던 지역은 시골이기는 해도 사투리를 쓰지는 않았는데, 폭풍의 입학생은 시비가 붙자 별안간 사투리를 썼다.

"마! 자신 있나!"

생소했던 사투리는 굉장히 위협적이었다. 거기에 더해 손가락 전체를 까딱거리면서 하는 도발은 싸움에도 익숙한 듯 보였다. 나는 긴장해서 다리가 덜덜 떨렸다. 시비가 붙은 이유도 납득하기가 어려웠는데, 급식을 빨리 먹기 위해 뛰어가다 어깨가 살짝 부딪힌 것이 그 이유였다. 당연하게도 사과를 건넸으나, 도무지 받아들여지지 않았다. 일이 이렇게 커진 것이 의아할 뿐이었다.

먼저 달려들라는 친구의 외침을 마치 지령을 하달받은 특수 요원처럼 수행할 수 있었던 것도 머릿속에는 온통 흠씬 두들겨 맞을 것만 같은 두려움이 차 있었기 때문이다. 나는 주먹을 쥐고 아무렇게나 달려들었다. 아마도 이기기 위한 목적이 아닌 최대한 덜 맞기 위한 목적이었을 거다. 눈은 감은 상태로 그야말로 뵈는 게 없었다. 그런데 무언가 내 손에 닿기도 전에 퍽 하는 소리와 함께 폭풍의 입학생이 쓰러져 있는 것이 아닌가.

달려드는 나를 피하려다 복도 벽에 얼굴이 부딪히면서 그대로 쓰러진 것이었다. 부여잡은 얼굴 밑으로는 부러진 안경이 나뒹굴었다. 이 사달이 있고 일주일이 지났을 즈음에 폭풍의 입학생이 폭풍의 자퇴생이 되었다는 소식을 전해 들었다.

학창 시절 남자들은 주먹다짐 이후에 절친이 된다고들 하는데, 아무래도 나와 그 친구 사이에는 주먹이 단 한 번도 오간 적이 없는 사이라 절친이 되지 못한 것 같다.

자신감을 키우는 법

소심했던 한 친구는 사소한 것에도 자신감이 결여되어 있었다. 주변에 어떻게 하면 자신감을 키울 수 있냐고 자주 물어왔었다. 어울려 농구를 할 때도 왜 슛을 하지 않느냐고 물으면 자신감이 없어 들어가지 않을 것 같다고 했다. 답답했던 나는 대회를 나가는 것도 아니고 기껏 해봐야 친구들끼리 음료수 내기를 하는 것인데 들어가지 않으면 어떠냐 말했다. 그랬더니 자기가 슛을 못 넣어서 지게 되면 같은 팀원들도 음료수를 사야 해서 슛을 못 한다는 것이었다. 그럼 내기를 걸지 않을 테니 자신 있게 던져보라 말했다. 그랬더니 자기 때문에 내기를 하지 않으면 그건 그거대로 불편해서 싫다는 말을 전해왔다. 나는 나의 인내를 시험하기 위해 신이 보낸 첩자가 아닌가 의심이 들 정도로 답답하고 짜증이 났다.

"정 그러면, 개를 한 마리 분양받아서 이름을 자신감으로 지어. 그럼 자신감을 키우게 되는 거니까!"

순간적인 짜증을 숨길 수 없었던 나의 반응과 상반되는 그 친구의 이상한 표정에서 나는 눈치를 챘어야 했다.

며칠이나 지났을까. 휴대전화로 찍은 강아지 사진을 내게 보여왔다. 하얀 백구의 이름은 '자신감'이라고 했다. 그리고 백구가 성체가 되었을 때, 그 친구는 3점 슛을 넣었다.

3점 슛을 넣고 나에게 덕분이라는 감사 인사를 건네는 친구를 보면서 나는 그 친구가 실제로 '자신감'을 키우게 되면서 그의 내면에 무언가가 싹 트게 된 경위에 대해 왠지 모를 죄책감을 느꼈다.

비기를 알아낸 자

나는 한 번도 야간자율학습이라는 말에 고개를 끄덕인 적이 없다. 자율학습을 빠진 학생들은 언제나 호되게 혼이 났었다. 야간강제학습이라고 이름을 지었다면, 오히려 불만을 가지는 학생이 더 적었을 것이다. 고등학교 2학년 때부터는 열 시까지 야간자율학습을 해야 했는데, 내가 운동장에서 수상한 움직임을 감지한 것이 여덟 시가 조금 넘은 시간이었다.

누군가 혼자서 운동장을 달리고 있었다. 트랙을 한 바퀴

돌 때마다 캄캄한 운동장에서 보였다 사라지기를 반복했는데, 스탠드 쪽에 있는 가로등 근처로 형체가 드러날 때는 위에 복장이 교복 아닌 난닝구(런닝셔츠)였다.

마침, 쉬는 시간이 되어 나와 친구들은 운동장으로 다가갔다. 가까이서 확인한 인물은 한 학년 후배였고, 1학년은 여덟 시면 귀가를 했는데, 왜 집에 가지 않고 운동장을 달리고 있는지가 의문이라 그에게 물었다.

"뭔 잘못을 했길래, 집에도 못 가고 뺑뺑이를 돌고 있어? 누가 시킨 거야?"

모여 있던 친구들 모두가 이건 또 다른 의미의 인권탄압이라고 생각했다. 어리둥절한 표정으로 말하는 후배의 말을 듣기 전까지는…

"네? 아 잘못한 것도 없고, 누구도 시키지 않았어요."

"그러면 왜…?"

"똥 마려울 때 식은땀을 엄청나게 흘리잖아요. 그럼 반대로 땀을 엄청나게 흘리면 똥이 나온다는 겁니다. 그래서 돌고 있어요. 얼마 안 남았어요."

후배의 목소리는 확신에 차 있었다. 이 정도의 의기양양함은 자신이 체득한 방법으로 몇 번이고서 쾌변을 했으리라 짐작게 했다. 야간자율학습시간에 빚어졌던 인권탄압의 현장에는 누구의 잘못도, 그리고 누구의 지시도 없었다. 그저 쾌변을 위해 달리는 한 남자가 있었을 뿐.

학교 앞 도보로 5분 거리에 살고 있던 후배는 미소를 지으며 이제 곧 신호가 올 거라는 말을 남기고 떠났다.

다음 날 등교를 하면서 마주친 후배의 발걸음이 유독 가볍게 보인 것은 순전히 내 기분 탓일까?

대설주의보를 통과하는 은하철도 999

눈에 반사된 자동차 헤드라이트는 캄캄해진 밤을 더 밝게 비추고, 기차처럼 길게 늘어선 자동차 행렬은 우주를 횡단하는 은하철도 999처럼 보인다.

폭설은 언덕배기에 살고 있는 많은 사람들에게 '철이'의 눈처럼 슬픈 눈을 선사했다.

"힘차게 달려라… 대설차량… 구구구…"

깊어가는 키덜트의 주름

노스트라다무스가 종말을 예언했던 1999년. 한국에 포켓몬스터가 상륙했고, 당시 아이들에게 지구 종말은 뒷전이었다. 포켓몬스터가 얼마만큼 인기가 있었냐면, 포켓몬빵에 들어 있는 띠부씰을 모으기 위해 빵은 버리고, 띠부씰만 가져가는 이도 있을 정도였다. 학교 앞 구멍가게에 진열되어 있던 모든 빵을 사서 빈 봉투와 빵이 가득 담긴 봉투를 나란히 두고, 빵을 하나씩 뜯어 어떤 포켓몬이 나왔는지만 확인하고, 빵을 빈 봉투에 툭툭 던져 담았다.

"빵 먹고 싶은 사람은 가져가."

무스탕을 입고 있던 아이는 이미 다수의 희귀한 포켓몬을 가지고 있었고, 그 아이가 내뱉는 음성에서도 사람들이 몰려드는 이 광경이 굉장히 익숙한 것처럼 보였다. 가득 차 있던 봉투가 홀쭉해지고, 빈 봉투가 빵으로 가득 찼을 때, 그 아이는 같은 포켓몬이 너무 여러 개가 나왔다고 혀를 끌끌 차면서 그 자리를 유유히 떠나갔다.

나는 이 장면이 내가 키덜트가 되는 데 지대한 영향을 끼쳤으리라 생각했었다. 시간이 흘러 이십 년이 지난 시점에서 포켓몬 빵이 다시 유행하기 시작했을 때도 이때를 가장 먼저 떠올렸기 때문이다. 대량 구매가 가능해지자마자 나는 박스째 주문을 했다. 어릴 적의 결핍과 환상을 채우는 것에 비용을 아끼지 않은 것이다. 나는 화수분처럼 쏟아져 나오는 포켓몬 빵을 보면서 옛 추억에 젖는 것도 잠시, 이내 슬퍼졌다.

택배로 받은 빵을 주방 한편에 쌓아두면서, 어떤 포켓몬이 나올까 하는 기대감보다는 직장인으로서의 현실적인 문제가 더 크게 다가왔기 때문이었다.

20년이 지나 이제야 포켓몬 마스터가 돼볼까 하고 마음을 먹으니, 내 앞을 막아선 것은 로켓단도 아닌 당뇨와 고지혈증을 예방하고자 하는 서글픈 직장인이었다.

건조기로 배우는 삶의 다양성

스스로 작가라고 최면을 걸면서 노트북이며, 아이패드며 글 쓰는 도구들을 하나둘 장만해 왔다. 나는 항상 환경을 탓해왔었다. 그래서 여건만 갖춰지면 그깟 책 한 권 내는 건 일도 아니라고 떠들어 댔지만 막상 내가 생각하는 여건이 갖춰지고 나니, 나는 트집 잡을 것을 생각하기 시작했다. 타이핑에 최적화된 키보드를 찾아 나선다든가, 조명이나 디퓨저를 바꾼다든지…

그렇게 도망치려 해도 나의 집중력을 체감할 수밖에 없

었고, 환경이 아니라 나의 집중력에 심각한 문제가 있다는 것을 알 수 있었다. 그러다 보니 정작 나의 글쓰기에 가장 도움이 된 전자기기는 노트북도 아이패드도 아닌 건조기가 아닐까 하는 생각이 들었다.

적어도 건조기가 돌아가는 시간에는 빨래를 너는 곳이 습해져 곰팡이가 슬지는 않을까 하는 걱정과 장마철에 빨래에서 나는 꿉꿉한 냄새를 걱정하지 않아도 되는 것이 나의 집중력에 훨씬 도움이 됐기 때문이다. 건조기가 돌아가는 시간은 빨래를 너는 시간 만큼 치환이 가능하고 돌려둔 채로 자리를 비워도 된다는 안도감은 적어도 그 시간만큼은 안 그래도 부족한 집중력을 방해하는 여러 요소 중 하나를 제거한 셈이었다.

내가 말하는 건조기는 당신의 삶을 윤택하게 만드는 것이 당신이 생각하는 범주를 벗어나 있을지도 모른다는 의미의 이야기다. 농담처럼 이야기를 꺼냈지만 수많은 일이 의외에 순간에 최적을 맞이한다. 길을 잃어버린 곳에서 우연히 맛집을 찾아내는 것처럼 열심히 돌아가는 건조기가 내뿜는 열기에는 삶의 다양성이 아지랑이처럼 피어오르고 있었다.

8부 ——— 예술이 삶에 미치는 영향과 삶이 예술에 미치는 영향에 관하여

불멸

예술에 깊이 빠져들 적엔
내 주변에 실재하는 것들보다
몇백 년 전에 죽은 예술가들이 더 가깝게 느껴진다.
현재의 나와 밀접하게 닿아 있는 기분이다.
나는 죽은 예술가들로부터 삶을 관조하는
태도를 배웠기에
결코, 그들을 죽음과 연관 지을 수 없다.

오히려 그들이 살아 있음을 느낀다.

예술의 범람

의술도 예술이라면
인스타는 예술로 넘쳐난다.

차원을 달려서

소설에는 최소 한 사람 이상의 인생이 담겨 있다.

그러니 소설을 읽는다는 것은
최소 한 사람 이상의 인생이 부딪혀 오는 것이다.
소설을 읽는다는 것은
글을 읽어 내려가는 것에 그치지 않고,

스물여덟의 카뮈에게,
서른의 하루키에게
악수를 청하는 것이다.

나는 종종 먼 훗날의
누군가가 나의 과거에게
악수를 청하는 상상에 빠진다.

마녀사냥

대중매체와 일상의 경계가 모호해지면
대중이 자발적인 검열에 나선다.
치마의 길이를 묻고, 기부금에 등수를 매기고,
누가 저속한 단어를 사용했는지 찾아낸다.

중세 시대 마녀사냥을 할 적에
누명을 쓴 사람의 비명이 하늘 가득 울려도
확신에 찬 사람들은 그것을 마녀의 비명이라 말했다.

어항

때가 되면 밥을 주고,
깨끗한 물을 갈아주지만
어항에 갇혀 있는 일은
여간 불편한 일이 아니다.
큼직한 놈들이 가까이서
눈을 부라리면 간담이 서늘하다.

더욱이 나를 두렵게 하는 것은
저놈들도 네모난 상자를 벗어나지
못한다는 것인데,
그것은 저놈들을 키우는 더 큰 놈들이
있다는 뜻이다.

두려움에 익사할 것만 같다.

눈사람 학대사건

나는 그리 착하지도 않으면서
누군가를 대단히 위하는 척을 할 때가 있다.

그럴 때면 오로지 추위로서 삶을 지탱하는 이에게
멋대로 따뜻한 목도리를 둘러매 주었던 때를 떠올리곤
한다.

남을 위하는 것이 아닌
오롯이 나를 위한 선행은
선행이 아니다.

무명작가 김유명

불교에서의 무명은
잘못된 의견이나
집착 때문에 진리를 깨닫지
못하는 마음의 상태를 이른다.
모든 번뇌의 근원이 된다.

내가 무명으로서 대단치 못한
글을 계속 써 내려가는 것도
무명 때문이다.

예술의 걸림돌

재산은 예술의 걸림돌이 된다.
아울러 그것이 예술의 껍데기가
탈각되는 순간이다.

당신이 진정한 예술가의 삶을 원한다면
예술성보다 가지고 있는 재산을
면밀히 살펴보아야 한다.

가난한 예술가는
지독한 비난을 피할 길이 없다.

예술은 곰팡이 같은 것

예술이라는 게 거창해 보이지만
책상 밑에 피어난 곰팡이 같은 것이다.
몰랐다면 언제까지고 모른 체
살아갈 수는 있지만,
곰팡이를 마주하고 나서는
해치우지 않으면
지나칠 수 없게 된다.
예술의 길로 빠져드는 것은
엄청난 재능이나
영감의 소유자였기 때문이 아니라
머릿속에 떠오르는 것을
지나칠 수 없었기 때문이다.

CAFE IN NIGHT(카페 인 나이트)

잔에 담겨 찰랑거리던 것은 까만 밤이었나 보다.

9부 ——— 삶의 단면과 삶의 단편들

- 늪에는 발자국이 남지 않는다
- 완벽한 작가의 완벽한 살인법

늪에는 발자국이 남지 않는다

*

순서에 거의 다다랐지만 길게 늘어선 줄은 그 끝을 가늠하기도 어려웠다. 사람들이 연신 뿜어대는 입김은 마치 공장이 본격적인 가동을 시작한 것처럼 보이게 만들었다.

줄을 기다리는 동안 성필의 앞을 끼어드는 놈이 두 놈이나 있었는데, 날마다 벌어지는 진풍경 속에서는 꽤나 흔한 일이었다. 두 놈 모두 일행인 척 새치기를 감행했다. 한 놈은 화장실을 다녀온 것처럼 바지를 추켜올리며 다가왔었고, 한 놈은 몇십 년은 붙어먹은 죽마고우처럼 자연스레 어깨동무를 하며 끼어들었다.

“이 사람 제 일행 아닙니다.”

성필은 주변의 이목이 집중될 만큼의 큰 소리로 자신의 누명을 벗어던졌다. 새치기꾼을 몰아내는 가장 효과적인 방법 중 하나였다. 반복되는 일상에 확실하게 알게 된 것은 새치기를 하다가 실패한 놈들이 자신의 범행이 탄로가 났다고 해서 맨 뒤로 돌아가 줄을 서는 놈은 단 한 명도 없었다는 것이다. 주변을 멋쩍게 어슬렁거리며 기회를 엿보곤 했기 때문에 만만하게 보일만한 어떠한 여지도 남겨서는 안 됐다. 성필은 그들을 예의주시했다. 그러나 자신의 앞쪽으로 끼어들어 순서가 밀리는 것이 아니라면 굳이 나서지는 않았다. 아닌 게 아니라 괜한 싸움에 휘말리기라도 한다면 그날 하루는 기다린 보람도 없이 완전하게 공을 치게 되는 셈이었다. 힘이 약한 노인 앞을 대놓고 끼어든다고 한들, 나랑 관계된 일이 아니라면 가만히 있는 게 가장 현명한 처사였다. 도덕이니 정의니 하는 것들은 자기 밥그릇이 차고 넘칠 때나 할 수 있는 것이다. 길게 늘어선 줄을 앞지를 만한 정의감은 좀처럼 구경할 수 없었다.

어느새 성필의 순서가 다가왔다. 바짝 긴장을 한 상태로 출입문 앞으로 향했다. 공장에 출입을 하기 위해서는 ‘R1’이라 불리는 몸을 스캔하는 기계를 반드시 통과해야만 가능했다. 몸의 부상 부위를 판별하는 기계로, 이곳에서 일을 하기 위해 거쳐야 하는 필수 관문이었다. 근육과 부상 부위를 판별해서 보다 현장에 적합한 노동자를 선별하는 방법이었다. 대부분의 일자리가 기계로 대체되고 있는 지금의 시점에서, 기계처럼 일할 수 있는 사람을 솎아내는 것이었다. 기계와 비슷한 능률을 만들어 내지 못하면 매몰차게 버려졌다.

"삐빅. 최성필 적합. 노동 가능자."

한 글자씩 부자연스럽게 뱉어내는 기계음과 함께 "적합. 노동 가능자."라는 글자가 초록색으로 띄워졌다. 성필은 신분증을 반납하고 집에서 나온 지 네 시간이 거의 다 돼서야 공장 안으로 들어올 수 있었다. 성필은 탈의실 안쪽에 있는 캐비닛을 열어 배정받은 자신의 번호와 캐비닛 번호가 일치하는지, 그리고 캐비닛 안에 들어 있는 근무복에 쓰여 있는 번호가 모두 일치하는지를 확인해야 했다.

R1은 'river of history'의 첫 글자를 따서 만들어진 기계로 이것의 발명으로 인해 새로운 역사의 강이 흐르기 시작한 것이라고 발표한 개발자에 의해 만들어진 이름이었다. 역사의 강에서는 매일매일 사람들의 희비가 빠르게 흘러갔다.

왜인지 모르게 어릴 때 강가에 던져버린 고장 난 MP3가 떠올랐다.

*

삶이 시작되는 순간부터 우리는 의식하지 못하는 목적성을 가지게 된다. 옹알이를 시작하고, 걸음마를 시작한다. 어찌 보면 축구를 배우고 싶다는 단순한 이야기도 굉장히 고차원적인 목적성에 해당한다. 그런데도 성필은 멍한 상태로 근무복을 갈아입었다. 자기도 모르게 캐비닛 문을 세게 닫는 바람에 큰 소리가 나자 그제야 퍼뜩 정신을 차렸다. 공장에서는 날마다 새로운 기계가 잉태되고, 사람들은 거듭 자리를 잃어갔다.

일은 전혀 어려운 게 없었다. 근무자의 옷에 적혀 있는 번호에 따라 근무지가 배정되었고, 배정된 일은 몇십 분이면 숙달이 될만한 반복적인 작업의 연속이었다. 관리자의 지시를 받을 때에도 가슴팍과 등에 적힌 번호로 불리며 일했고, 능동적인 사고는 능률을 저하시켰다. 시키는 것만 잘하면 그것으로 충분했다.

"자 거기 2-1번 라인 정렬하세요. 그리고 여기 예비 명찰 보이시죠? 열심히 하는 건 당연한 거고, 잘해야 된다는 겁니다. 아시겠습니까!"

파트장은 업무 지시를 끝내면서 예비 명찰을 손에 들며 강조했다. 예비 명찰은 파트장들의 특별 권한으로 일을 잘하는 사람에 한해서 명찰에 근무자 이름을 적어 만들어 주면, 다음 날은 줄을 서지 않고 곧바로 입장할 수 있게 되는 일종의 출입증과 같은 것이었다. 이런 베니핏은 명찰을 받아내기 위해 뒷돈을 쥐여주는 사람이 있다는 소문까지 나돌았다.

성필은 어째서 이런 괴소문이 나도는지에 대해 의문을 가졌다. 몇 시간을 기다려야지만 일을 할 수 있는 구조라는 점, 일당을 받는 노동자들이 자신이 일을 하는 일터에서 거꾸로 자신의 일당을 상납을 해가며 일을 한다는 점은 상식선에서 받아들여질 수 없는 얘기였다.

더군다나, 이 공장에서 생산하는 제품의 이름은 'R1'이었다.

*

성필은 스스로 일을 잘한다고 자부해 왔으나, 예비 명찰을 받은 적은 한 번도 없었다. 어김없이 줄을 기다렸다. 그래도 성실함이 자신의 최대 장점이라고 생각하며 살아온 성필은 예비 명찰은 없을지언정 줄을 기다리면서 들어가지 못했던 적 역시 한 번도 없었다. 곧 있으면 성필의 차례가 다가올 무렵이었는데, 예상치 못한 큰소리가 들려왔다.

"내가 왜 부적합인데, 나 멀쩡하다고! 이 기계가 하자라고!!"

순서로 따지면 성필보다는 네 사람만큼 앞서 있던 사람이었는데, 두툼한 겨울 점퍼에 숨겨온 장도리를 가지고 'R1'을 내리치면서 고래고래 소리를 질렀다. 한순간에 이목이 집중되는 바람에 한 줄로 길게 줄지어진 대열이 무너지면서 출입구 쪽으로 사람들이 몰렸다. 그리고 의아했던 것은 'R1'이 부서지고 있는 데에 반해 직원들은 아무런 동요도 없이 태연하게 행동했다는 것이다.

"새로운 기계 바로 꺼내와."

파트장들을 총괄하는 관리부장은 안색 하나 바뀌지 않고 뒷짐을 진 채로 장도리를 들고 있는 사내에게 다가갔다.

"당신이 어떤 사연이 있는지 듣고 싶지도 않아. 저기 뒤쪽까지 늘어선 줄 봤지? 저기에 사연 없는 사람이 어디 있겠습니까. 그리고 이게 얼마인지나 알고 때려 부순 거예요? 책임지지도 못할 행동을 감정에 휩싸여서 하니까 이 모양, 이 꼴이 된 겁니다. 그래서 인간이 기계를 못 따라가는 거예요. 기계 발끝이라도 따라가라고 판까지 다 깔아줬더니 에휴…"

관리부장은 고개를 절레절레 저었다. 부장이 하는 말들은 저 사내를 깎아내린다기보다 인간 자체에 대한 혐오에 가깝게 느껴졌고, 출입문을 통과하기 위해 늘어선 줄과 출입문을 통제하는 소수의 인원이 보여주는 극명한 대비가 부장의 말 한 마디, 한 마디에서 풍겨오는 혐오의 냄새를 더욱이 감출 수 없게 만들었다. 사내가 부장에게 장도리를 휘두르기 직전에 성필 역시도 풍겨오는 그 냄새를 맡았다.

일은 아주 순식간에 벌어졌다. 고개를 저어대는 부장을 향해 사내는 장도리를 휘둘렀고, 처음에 휘두른 것은 어깨에 맞았다. 그다음은 어깨를 부여잡고 쓰러지는 부장의 머리를 노렸다. 큰 얼음덩어리가 아스팔트 바닥에 떨어져 부서질 때와 비슷한 소리가 났다. 평소에 자신의 안위에 대해서 그다지 무감각했던 사람이라 할지라도 그 광경을 목도하고 있었더라면, 사내에게 쉽사리 달려들 수는 없었다. 장도리에서는 검붉은 피가 뚝뚝 떨어졌다. 완전히 중심을 잃은 부장이 'R1' 쪽으로 기계를 끌어안다시피 쓰러졌다.

"삐이빅. 지지직… 이… 원재 정상. 노동 가능자. 노동 가능자. 노동 가능자."

한눈에 봐도 고장이 난 'R1'에서는 연신 노동 가능자라는 기계음이 흘러나왔다.

“사지 멀쩡한 나는 비정상이라고 하더니, 이제 저 대가리 깨진 새끼는 정상이라네…”

사내는 장도리를 떨어뜨리며, 허탈한 웃음을 지었다. 쓰러진 부장의 몸에서는 이미 이름이 적혀 있는 예비 명찰 여러 개가 투두둑 하고 떨어졌다.

사내의 허탈한 웃음을 보며 성필은 피에 젖은 이름 중에 저 사내의 이름은 없겠구나 하는 생각이 들었다.

*

"6-11번 뭐 합니까. 빨리 라인 정렬하세요."

"아 죄송합니다."

성필이 입구에서의 상황을 떠올린 것은 아주 잠깐이었는데도 곧바로 불호령이 떨어졌다.

"그렇게 하시면, 예비 명찰은 구경도 못 합니다. 아시겠어요?"

성필은 파트장의 말에 절로 웃음이 났다. 아까 부장의 몸에서 예비 명찰이 쏟아지는 것을 보지 못한 건가? 평소와는 다르게 집중을 할 수 없어 짝다리를 짚은 다리를 이리저리 바꿔대며 건들거리기 바빴다. 부장이 쓰러지던 장면이 머릿속에 가득 울려 퍼지면서 프레스 기계가 작동할 때마다 나는 삐이 소리를 이명 소리와 구분하기 힘들 정도였다.

"아까 그걸 못 본 건가?"

성필은 그 말을 다시 한번 되뇌었다. 다른 관리자와 노동자들에겐 어떠한 동요도 일지 않은 것처럼 보였기 때문이다. 성필 역시 자신이 목격한 장면에 대한 충격으로 일에 대한 회의를 느끼거나 한 것은 결코 아니었다. 그러나 누군가의 눈에 들기 위해 강박적으로 지속해 오던 노력이나 일에 대한 동기는 사라지고 없는 상태였다. 대신 신기할 만큼 일이 즐거워졌는데 그 이유는 일종의 우월감에서 찾을 수 있었다. 예비 명찰이 쏟아져 내린 순간에 한숨을 푹 쉬며 줄을 이탈해 그대로 공장을 떠나는 사람들을 성필은 분명히 보았다. 가만히 멈춰 선 채로 누군가를 앞질러 버리고 마는 우월감 앞에서 이곳의 출입과 근무에 대한 부당함은 아무것도 아니었다. 거기에 더해 자신이 일을 못해서 예비 명찰을 못 받은 것이 아니라는 안도감까지 더해졌다. 소문의 출처를 육안으로 확인함으로써 의심이 확신으로 탈바꿈하는 순간을 실시간으로 마주하는 것은 생각보다 훨씬 더 짜릿한 것이었다. 성필은 약간은 격양된 마음으로 일을 대했다. 성필은 한 달에 한 번만 먹기로 화를 내며 어린 동생을 납득시키기에 급급했었지만 오늘은 특별하게 고기를 사서 돌아가야겠다고 생각했다. 떠나간 그들의 뒷모습이 오늘 성필이 받을 일당의 가치를 몇 배나 올려주었기 때문이다.

그제야 저기 건너편에서 일하고 있는 사람 중에 다리를 저는 사람이 있다는 것이 눈에 들어왔다.

*

"자 새로 부임한 관리부장입니다. 어제 불미스러운 일이 있었지만, 어제의 불미스러운 일이 오늘 우리의 발목을 잡아선 안 되겠죠? 어쨌든 역사의 강은 흘러가니까 말이에요. 다만 한 가지 알아두셔야 할 것은 앞으로 고정으로 일할 사람은 없어졌습니다. 예비 명찰이니 이딴 건 다 없어졌고, 그저 아침 일찍부터 나와 있는 성실한 사람만이 일할 자격이 있다는 겁니다. 자 이제 입장 시작합니다. 첫 줄에 서 있는 사람부터 R1 앞으로!"

어제 부장이 흘린 핏자국이 차마 다 지워지지 않아 거무튀튀해진 바닥을 사람들은 마구 지나쳐 갔다. 때마침 눈이 내리기 시작했고, 새로 부임한 부장의 일장연설이 끝나자마자 또다시 줄을 이탈하는 사람들이 생겨났다. 성필은 그 모습을 보자마자 한심하다는 듯이 고개를 절레절레 저었다. 자신의 성실함을 다시 떠올리는 날이 없을 것만 같은 상반된 태도로 일관했다. 납득되지 않는 것에 대한 혐오를 멈출 수가 없었다. 그도 그럴 것이 스스로를 체감할 수도 없을 만큼 즐거운 나날을 보내고 있었기 때문이다. 줄을 벗어난 이들이 눈 위에 남긴 발자국에는 번듯한 발자국 하나가 없었다. 그들이 남긴 발자국을 보며 성필은 한 번 더 고개를 내 저었다.

성필은 일을 마치고 고기를 사러 향했다. 일전에 동생과 함께 고기를 먹은 지 일주일이 채 되지 않는 시간이었다. 이제 한 달에 한 번만 고기를 사 먹던 행위 자체가 먼 과거의 일처럼 느껴졌다. 구입한 고기의 양마저 지난번보다 훨씬 더 많았다. 고기가 담긴 비닐봉지는 손에 저릿한 통증이 전해올 만큼 묵직했다. 고기를 든 손을 계속 바꿔 들던 것도 잠시, 성필은 연락이 소원해진 친구들을 불러 모으기 시작했다.

"내가 거기에서 계속 일했던 건 알지? 내가 그걸 만들다 보니까 그 기계를 너무 잘 알아. 못 믿겠으면 일단 들어가서 일부터 해보고 그 담에 돈을 주면 돼. 근데 대신 미리 내는 애들은 좀 더 싸게 해줄게. 차별점은 둬야지. 안 그래? 고기는 충분히 있으니까 먹으면서 더 얘기하자고."

성필은 팔, 다리가 불편한 친구들을 모아두고 만찬을 즐겼다. 그에게 적성에 맞는 일이 무엇이었는지, 한 사건이 계기가 된 것인지, 원래 그런 사람이었는지, 언제부터 그가 변모해 왔는지는 아무도 모른다.

늪에는 발자국이 남지 않기 때문이다.

완벽한 작가의

완벽한 살인법

1

잇는다는 것은

아버지가 민혁에게 처음으로 사명감이라는 것을 주입시킨 건 민혁이 초등학교 3학년이 되었을 무렵이었다. 아버지 무진은 자신이 집필한 책을 한데 모아놓고서 민혁을 불렀다. 그리고 읽고 난 후에 독후감을 써 오라는 과제를 남겼다.

학교에 제출하는 가정통신문 직업 기입란에 아버지의 직업을 일말의 고민조차 없이 소설가라고 적어내기는 했지만, 아버지가 정확히 어떤 글을 쓰는가에 대해서는 무감각했다. 그렇다고 해서 민혁이 이상할 것도 없었던 게 어린 아이들이 그림 하나 없는 몇백 페이지에 달하는 소설책에 흥미가 있을 리 만무했다. 독후감은커녕, 이 많은 책을 읽어야 한다는 것 자체가 민혁에게는 곤욕이었다. 재미도 없는 소설 따위를 왜 읽어야 하냐고 어리광을 피웠다. 그러나 그날 이후로 어리광을 피우는 일은 없었다.

"아버지가 어떤 직업을 가졌는지, 어떤 책을 써냈는지 관심을 가지려무나. 네 입으로 들어가는 음식, 네가 입은 옷, 신발, 가방, 네가 하고 있는 모든 게 다 그 글을 통해서 얻어낸 것이야. 인생이라는 공짜는 없는 법이지. 그러니까 그 책들을 이제 머릿속에 새겨놓도록 해."

민혁의 뺨을 세차게 후려갈긴 뒤에 무진은 웃음기 하나 없는 말투로 말했다.

눈에 넣어도 아프지 않은 자식이라 해도 무진의 입장에서는 현존하는 최고의 작가가 써낸 글을 함부로 폄하해서는 절대로 안 되는 것이었다. 아버지가 민혁에게 주입하려 했던 천재 작가의 자식으로서의 사명감이 부자간의 선을 명확히 그어놓았다.

소설을 읽고 난 후에는 빠짐없이 독후감을 써내야 했다. 무서워서라기보다 그런 일을 겪고 나서도 부모의 애정을 필요로 할 수밖에 없는 어린 나이였다. 사랑받기 위해선 소설을 읽어야 했다. 소설과 가까이하는 것으로 부자간의 관계가 회복세에 접어드는가 했지만, 작가를 부모로 두면 사소한 글에도 얼마나 깐깐하게 구는지를 민혁은 여지없이 알게 되었다. 안타깝게도 민혁의 몸집이 커질수록 스스로가 글에 대한 재능이 없다는 걸 깨닫는다. 그럼에도 불구하고 장래희망에 아버지처럼 위대한 작가가 되는 것이라고 적어낸 근본적인 이유에는 결여된 애정 때문이었으리라 여겨진다.

민혁의 글은 매번 아버지에게 평가절하되어 꼬꾸라지기 일쑤였다. 한 가지 의아했던 것은 초등학교를 지나, 중학교에 진학하게 돼 민혁을 꾸짖는 시간이 수년이 지났음에도 글 쓰는 것을 때려치우라는 말은 한 번도 들려오지 않았다는 것이다. 그것은 진로를 정함에 어떠한 선택지도 주어지지 않음을 암시했다.

중학교 졸업을 앞둔 해에 꽤 중대한 사건이 벌어지는데, 민혁이 전국 문예 백일장에서 대상을 수상하는 일이었다. 아무리 잘 써봐야, 고작 중학 수준의 백일장인데, 상을 받은 소설이 출판까지 일사천리로 이루어진 것은 아버지 무진이 문학계에서 얼마나 큰 영향을 미치는 사람인지 알 수 있는 대목이었다. 대물림되는 천재적 영감이라는 헤드라인으로 뉴스 기사에 뜨면서, 민혁은 한동안 유명세를 치렀다. 하지만 민혁은 자신에게 벌어지는 일들에 한 번도 반색하지 않았다. 예쁘장한 같은 반 여자아이가 사인을 해달라고 했을 때는 잠시 우쭐댄 게 고작이었다. 전혀 달가울 수 없는 이유는 민혁이 쓴 글이 아니었다.

“자, 이걸 문예 백일장에 제출해라. 중학교 수준에서 이 정도 쓰는 놈은 없을 게다. 그리고 만에 하나 네 아비와 절친한 사람이 심사위원으로 있으니 안 되는 일은 생각하지 않아도 된다.”

“아버지… 그래도 이건 좀…”

“꼴에 자존심은 있는 거냐. 그럴 시간에 펜을 더 잡고 있어라.”

생각해 보면 아버지는 자신의 업적에 관해서는 동맥에 흐르는 피의 성분까지 자부심으로 흘러 넘쳐나는 자가, 그러니까 그렇게나 자존심이 강한 아버지가 왜 자꾸 민혁의 자존심을 난도질하는가에 대해서는 굉장한 모순적이었다. 모든 게 아버지의 시나리오대로 흘러갔고, 아버지는 그토록 바라던 자신의 천재적 명성에 드디어 아들의 이름을 올릴 수 있게 되었다. 많은 사람들이 벌써부터 민혁의 성공을 점쳤다. 부모의 그늘 밑에서 얼마나 더 성장할지가 궁금하다며 남의 인생을 멋대로 재단하기 바빴고 민혁의 속은 까맣게 타들어 갔다. 누군가에게 속사정을 털어놓았다간, 그

즉시 버려지겠지. 입을 무겁게 만들기 위해서는 억지로라도 성숙해져야 했다. 희극도 가까이 들여다보면 비극이라고 하지 않던가.

부모의 그늘에서 아이는 자라난다지만 그 그늘이라는 것이 잘못 변질되면 햇볕 하나 들지 않는 지하방처럼 곰팡내 나는 인생으로 돌변한다. 더욱이 민혁이 분개했던 건, 자신을 줄곧 따라다니던 결핍이 증오로 바뀐 순간에도 작가라는 것에 목을 매고 있다는 점이었다, 벗어던질 수 없는 굴레가 민혁의 마음을 힘껏 조르고 있었다.

그때까지도 아버지 무진은 전혀 알지 못했다. 상처로 배운 성숙은 언제가 되었든 덧나기 마련이라는 것을.

2

그날따라 음산하게 울리는 전화벨 소리에 불길함이 엄습했다. 어머니의 다급한 목소리가 수화기를 타고 넘어왔다. 민혁은 전화를 끊고 곧장 집으로 향했다. 집에 도착하니 아버지는 서재에 거품을 물고 쓰러져 있었다. 코끝에 손가락을 가져다 댔지만 아주 미세한 숨도 흘러나오고 있지 않았다. 평소, 다른 사람이 서재에 발을 들이는 걸 끔찍이 싫어했는데, 일종의 습관이나 강박이 아버지를 죽음으로 인도한 것이다. 경황이 없는 어머니를 대신해 민혁은 전화기를 들어 신고전화를 했다. 시신을 수습하는 시간은 그리 오래 걸리지 않았다. 그러나 병원으로 안치된 아버지의 시신이 자신의 장례에 함께 동행할 수 없었다. 의사는 아버지의 사인은 음독사로 보여지며, 정확히는 부검을 해야 한다고 전했다.

"아버지 가시는 길에 누가 되는 일은 없을 겁니다."

부검을 해야 한다는 말에 보통의 유가족이라면, 하늘이 무너지는 기분이겠지만, 사실 민혁은 아버지의 사망에 관해 어떠한 감정적 동요도 일지 않았다. 의사가 민혁에게 심심치 않은 위로를 건넸던 건, 일말의 고민 없이 부검에 동의하는 모습이 타살의 의혹을 밝히려는 자식으로서의 도리이자 열성으로 비친 모양이었다. 아마도 일찌감치 그어진 부모와 자식 간의 선이라는 게 너무 두터워, 어떤 감정이든 그 선을 넘지 않을 것만 같았다. 슬픔도, 어떠한 감흥도 없었다. 최고의 자리에 있으면 이유 없이 미움을 사기도 하지만, 집 밖에서 아버지가 어떻게 행동하는지 너무나 잘 알고 있었기 때문에, 여러 가지 정황상 자살이 유력해 보였다. 평생을 자기 잘난 맛으로 살았으면서 생뚱맞게 자살이라니. 민혁은 어처구니가 없어 혀를 끌끌 찼다.

"그렇게 잘난체하더니, 결국 자살인 건가?"

사실, 민혁은 아버지가 자살이든, 타살이든 중요치 않았다. 당장은 자신이 상주로서 무얼 해야 하는가에 대한 걱정이 앞설 뿐이었다. 다행히도 아버지의 비보 소식에 가장 먼저 달려온 출판사 대표가 장례절차에 관한 모든 일을 대신해 주었다. 그저 의리를 지키는 것이라고 말하는 출판사 대표에게 시큰둥한 감사의 인사를 전했다. 아마도 그 감사의 표현 자체도 아버지의 죽음에 관한 것이 아니라, 장례절차에 대한 고민을 덜어준 부분에 대해서 건넨 인사였을 것이다.

그간 아버지의 명성에 걸맞게 정말이지 조문객이 끊이질 않았는데, 영정사진 앞에서 하염없이 눈물을 쏟아내는 사람을 보고 있자니 아버지에게 경외감이 들었다. 자식과의 유대에도 담을 쌓은 인간이 도대체 밖에서는 무얼 하고 다닌 걸까 하는 그런 경외감. 유독 애틋해 보이는 몇 사람을 찾아가 직접 사연을 듣고 싶은 마음까지 들었다. 하지만 정말로 그랬다간 결국 초라해지는 건, 민혁 자신이었다.

내내 옆을 지켰던 출판사 대표가 민혁을 따로 불러냈다. 급한 일이 있어 내일 다시 오겠다는 말과 함께 따로 전할 이야기가 있다고 말했다.

"이제 네가 아버지의 뒤를 이어야 한다."

그는 민혁의 두 손을 꼭 붙잡고 말했다. 오랜 시간 아버지와 함께 일했던 사람이라 연락이 닿을 방법은 많았지만,

이강헌이라는 이름이 적힌 명함을 건네주었다. 분명, 애도의 뜻을 전한 것이리라. 그렇게 해석하고 싶었다. 출판사의 간판 작가가 숨을 거두었으니, 출판사 대표로서 후발 주자를 찾는 것은 당연한 수순인 것은 맞다. 그러나 몇십 년을 함께해 온 아버지의 측근이라는 사람의 입에서 벌써부터 나올 말은 아니었다. 죽음 앞에서 자본주의를 대입하는 것도 모자라, 아비의 죽음을 바로 앞에 둔 자식에게 전할 말은 더더욱 아니라는 생각이 들었다. 그때만큼은 처음으로 아버지에게 조금의 동정이 일었다.

"뒤를 잇는다라고…?"

그러나 동정도 아주 잠시, 그 말이 민혁이 심기를 건드렸다. 아버지의 죽음을 두고, 자신이 언급될 게 뻔했다. 비운의 천재 작가라는 꼬리표가 벌써부터 민혁을 따라다니는 것만 같았다. 아버지는 죽고 이 세상에서 지워졌음에도, 민혁의 인생이 철저하게 천재 작가의 주변인으로 살아가야 한다는 게 저절로 몸서리가 쳐졌다. 이번을 계기로 삼아 이 지긋지긋한 작가라는 굴레에서 완전히 벗어나야겠다고 마음을 먹었다. 그렇게만 된다면 당장이라도 상복을 벗어 던지고 축배라도 들고 싶은 심정이었다.

"아버지는 제 마음속에 영원히 최고의 작가로 남을 것입니다. 아버지를 뛰어넘을 생각도, 그리고 아버지 이름에 먹칠할 생각도 저에겐 없습니다. 그저 아버지가 살아왔던 발자취를 곁에 두며, 아버지를 기억하며 사는 것으로 족합니다. 저에게 아버지는 세상 그 자체였습니다. 저는 세상을 잃었고, 더 이상 글을 쓰고 싶지 않습니다. 아니 글을 쓰지 않겠습니다."

민혁은 조문객이 건네는 악수에도, 손을 맞잡은 채로 망상에 빠져들어 예정에도 없는 작가로서의 은퇴식을 연습하고 있었다. 하마터면 실소가 터질뻔했다. 반면, 어머니는 애도의 시간 안에 갇혀 있었다. 민혁이 유일하게 연민 그득한 눈빛을 보내는 곳이 어머니였기에, 민혁의 입장으로선 안타깝기 그지없는 상황이었다.

"그러게 왜 저 쓰레기 같은 인간을 사랑해서는…"

딱했다. 과연 한순간이라도 아버지는 어머니를 사랑한 적이 있었을까? 생각했다. 그때, 조문객이라고 하기엔 굉장히 위화감이 드는 세 명의 남자가 들어왔다. 그들은 가볍게 목례를 건넨 뒤에 경찰 배지를 들이밀었다. 그때까지만 해도 '아 아버지의 죽음 타살이었구나.' 그리고 범인을 잡았구나 하는 마음에 고개를 절로 끄덕여졌다. 벌써, 속으로는 '그래서 범인이 누구입니까?'라는 말을 남발하고 있었다. 세 명의 경찰 중 최고참으로 보이는 한 명이 나지막한 목소리로 말했다.

"고인 앞에서 큰 소리를 낼 수 없으니 나가서 얘기하시죠."

시선을 이리저리 옮기며 안절부절못하는 어머니를 안심시키고 형사들을 따라 나왔다. 금방 들어가 봐야 하니, 빨리 나에게 온 서신을 전하라 하는 거만의 태도로 형사에게 말했다.

"범인이 잡혔습니까?"

형사는 민혁의 질문이 끝나기 무섭게 민혁의 팔에 수갑을 채웠다. 수갑을 채우기가 무섭게 한쪽 팔에 사람이 한 명씩 붙들려, 민혁을 끌고 나갔다. 뒤를 돌아볼 틈도 없이 끌려가는 사이,

"어머니에게는 우리가 잘 전달하지."

라고 말하는 형사의 말에 민혁은 뒤를 돌아보지 않았다. 갑작스레 벌어지는 일들에 과부하가 걸린 게 틀림없었다. 아무런 대응도 하지 못하다가 경찰차에 다다르니 그제야 실감이 났다. 몸을 뒤로 누워 젖히며 잘못이 없으니 풀어달

라고 소리쳤다.

"다시 한번 얘기해 줘? 어이 차민혁. 당신을 차무진 음독 살해 혐의로 체포합니다."

3

영화에서만 보던 조서실에 앉아 있으니, 왠지 모를 공포감에 몸이 으스스 떨렸다. 형사들의 너무나도 단호한 태도에 민혁은 자신이 죽이지 않았다고 당당히 얘기하는 것보다, 정말 내가 아버지를 죽인 건가 하는 구렁텅이에 빠지기도 했다. 그런데 설사 자신이 범인이라 할지라도 무엇을 가지고 범인이라고 단언을 하는 것일까.

"내가 아버지를 죽였다는 증거가 있습니까?"

민혁은 억울함을 호소했다. 그러나 일단 누명이라는 프레임이 씌고 나면 일종의 핸디캡을 안고 시작하는 셈이었다. 내가 아버지를 죽였다는 증거가 있냐는 말에 돌아온 답변은, 그럼 당신이 차무진을 죽이지 않았다는 증거를 내놓으라는 말이 돌아왔다. 팔목에 채워진 수갑의 감촉이 절대로 풀리지 않을 것처럼 너무도 차가웠다. 민혁이 대꾸를 하지 않자,

"거봐, 없지?"

하고 말했다.

민혁을 연행했던 한 형사가 삿대질한 손가락을 까딱거리면서 콧방귀를 뀌었다. 한순간에 끼얹어진 치욕이 화가 치밀게 했지만, 아버지에게 당해왔던 치욕과 비교하자면, 별거 아니다 못해 정중한 느낌까지 들어 피식 입꼬리가 올라갔다. 그 형사가 왜 민혁을 도발하려고 했는지 알 수는 없지만 예상했던 반응이 돌아오지 않자 오히려 굉장히 기분 나쁜 내색을 했다. 그때, 자리를 비웠던 고참으로 보이는 형사가 들어왔다.

"너희들은 그만 나가봐."

그의 말에 비아냥거리던 형사는 아무 말도 덧붙이지 않

고 그대로 자리를 떠났다. 지금의 상황이 풍기는 분위기만으로도 그가 경찰 안에서 얼마나 권위가 서 있는 사람인가를 짐작할 수 있었다. 민혁은 마른침을 꿀꺽 삼켰다. 본격적인 취조가 시작됐다.

"9월 21일 16시경, 우리 병원에 내원한 적이 있습니까? 뭐 사실, 정확한 날짜나 시간대를 기억 못 하셔도 됩니다."

들고 온 파일을 이리저리 넘기며 민혁에게 질문을 건넸다. 왠지 모를 긴장감에 종이 넘기는 소리가 귀에 꽤나 거슬렸지만, 최대한 성의 있는 답변을 하려 노력했다. 민혁은 아버지를 죽이지 않았기 때문이었다.

"저희 가족의 주치의가 있는 병원이라서, 항상 가는 곳은…"

"묻는 말에만 예, 아니오로 대답해. 우리 병원에 방문한 적이 있습니까?"

"예."

"좋습니다."

형사가 말한 '좋습니다.'라는 말은 기싸움을 벌이고 말 것도 없이 형사가 민혁에게 우위를 점했다는 표식이나 다름없었다.

"그럼, 9월 21일 16시경. 아버지 최무진을 대신해 평상시 복용하던 혈압약을 대신 처방받아 오신 게 맞습니까?"

"네. 맞습니다…"

민혁은 B형간염의 항체를 가지고 있지 않아, 세 번에 걸쳐 B형간염 주사를 접종해야 됐었는데, 9월 21일은 세 번째 접종이 있던 날이었다. 기억의 조각을 맞춰갈수록 심장이 빠르게 요동치는 걸 알 수 있었다. 요동치다 못해, 입 밖으로 심장이 튀어나올 것만 같았다. 그대로 취조실 바닥에 구토를 하고 말았다. 이내 정신을 차려보니, 취조를 하고 있던 형사는 민혁에게 물을 권하고 있었고, 벌써 두세 명의 다른 형사들이 들어와 취조실을 마음대로 얼룩지게 했던 토사물을 닦아내고 있었다. 심호흡을 하고, 물을 벌컥 들이켰다.

"차민혁 씨 괜찮습니까?"

"아… 죄송합니다."

분명 지금 이 상황은 음모였다. 그것도 아주 절묘한 음모. 그 순간 민혁의 뇌리를 스치고 지나간 것이 있었다.

"설마…"

4

천재의 사명

하나의 스토리가 온전히 한 사람의 손끝에서 탄생한다는 점에서 작가라는 직업 자체가 자기 과신이 없다면 시도조차 할 수 없는 직업이었다. 하지만 무진이 처음 작가가 되기로 결심했을 당시엔 지금의 성공이 상상을 하는 것만으로 스스로가 사치라 여길 만큼 혀를 내둘렀던 적이 있었다. 그렇기 때문에 성공의 한편에는 지켜야 할 것들이 자연스레 생겨났다. 성공과 명성 뒤에는 항상 책임이 따르는 법이었다. 아내와 결혼을 결심했던 이유도, 너무 화려하지도 않은 적당한 미모에, 무진에게 헌신적인 태도를 보이는 적당히 착한 심성을 가지고 있었기 때문이었다. 따박따박 월급을 받는 월급쟁이들과 달리, 누군가의 지갑을 사로잡을 만한 글을 써내지 않으면 수입은 기대도 하기 힘든 직업이었기에, 이미지에 관해서도 신경을 안 쓰려야 안 쓸 수가 없었다. 그래서 택한 결혼이었다. 아주 화려하지도, 그렇다고 또 모나지도 않은. 만약, 당시로 돌아갈 수만 있다면, 훨씬 머리가 좋은 여자와 결혼을 했을 것이다. 배우자의 머리를 따지지 않았던 게 이토록 자신의 인생에 큰 흠집을 내리라곤 전혀 생각지 못했다.

"아버지가 쓴 것 따위는 관심 없어요. 소설 따위, 재미없다고요."

아마 무진의 기억엔 처음으로 아들의 몸에 손을 댄 것으로 기억한다. 무진은 아들 민혁의 입에서 그 말이 나온 순간, 사정없이 아들의 뺨을 후려갈겼다. 아무리 어린 나이라고는 하나, 자식 교육의 일환으로서 부모의 권위와 작가로서의 명성에 대해 본때를 보여줘야 했다. 가계가 굴러가는 원동력은 오로지 무진이 써낸 글이 벌어들인 돈이었다. 그런데 소설 따위라는 말을 입에 담다니, 어리고 철이 없는 것과는 별개로 도를 지나쳐도 한참 지나쳤다는 생각이 들었다. 게다가 그 사달이 난 이후에도 흔하디흔한 교내 백일장, 아니 독후감을 써내도 입상하는 꼴을 한 번도 보여주지 못했다. 천재 작가의 자식이라는 게 믿기지 않을 만큼, 물보다 진했던 아들의 몸에 흐르는 핏속에 글재주는 보이지 않았다. 아니 재능이라고 칭할 것도 없이 한마디로 멍청했다. 그렇다고 운동을 잘하는 것도 아닌 평범에서도 도태되는 수준이었다. 차라리 희귀병에라도 걸려 성장이 그대로 멈춰버렸으면 싶었다. 그러나 아들은 무럭무럭 자라나 계속해서 인생의 걸림돌이 되어주었다. 신간이 나오면 홍보차, 출판사에서는 잡지사 인터뷰나, 사인회 같은 일정을 잡는데 그때마다 한사코 빠지지 않는 질문들이 자신의 맹점을 날카로운 것으로 쑤셔대는 기분이 들었다.

"작가님, 혹시 아드님이 글을 쓴다고 하면, 찬성이신가요? 아드님이 글 쓰는 재능을 보이지는 않던가요?"

"재능이라… 뭐 너무 자식 자랑 같겠지만, 여름 방학 숙제로 쓰인 일기를 본 적이 있는데, 확실히 피는 못 속이는구나 하는 느낌을 받은 적은 있어요. 저는 아들이 어떤 직업을 선택하든지, 아들이 행복해지는 길이라면 무조건 찬성입니다. 하지만 아직은 겨우 초등학생밖에 되지 않아서, 아내와 진지하게 상의를 해본 적도 없고, 따로 고민을 해본 적도 없습니다. 그냥 아이는 아이답게 많이 놀았으면 합니다. 요즘 조기 교육에 다들 혈안인데, 저는 학원도 따로 보내지 않고 있습니다. 아이가 원한다면 그 즉시 보내주겠지만 억지로 하는 게 무슨 의미가 있겠습니까."

무진은 매 인터뷰마다 비슷한 답변을 내놓으며 능숙하게 상황을 모면했다. 그러나 그것은 몇 번의 연습을 통해 자연스러워진 연습의 결과물이었다. 한편으로는 슬펐다. 똑바로 된 자식만 태어났어도 이렇게 사서 고생하는 일은 없었을 것이라고 생각했다. 시간이 지나 민혁이 중학교에 들어가고 나서도 글로서 어떠한 진전도 보이지 않자, 무진은 더욱 초조해졌다. 작가라는 직업은 항시 고뇌에 휩싸이는 직업이었고, 누군가 괜찮은 책을 써냈다고 하면 그것을 편히 읽는 것이 아니라 도태될지도 모른다는 불안감에 휩싸여 곧장 서재로 달려가 또다시 의무적으로 펜을 잡아야 했다. 명성에 안주하는 순간, 도태되는 것이다. 게다가 인간의 노화라는 것은 껍데기만을 녹이는 것이 아니라, 생각까지 늙어 빠져 흘러내리게 만들어 버린다. 다시금 멍청한 여자와 결혼한 대가가 얼마나 무서운 건지에 대해 상기시켰다. 멍청한 여자는 멍청한 자식을 낳았고, 결혼의 산물은 고통 그 자체였다. 과도한 스트레스는 작가의 역량에도 지대한 영향을 미치는 것이었고, 그것이 노화라는 것과 맞물려 새로운 책을 내는 것에 대해 위기의식이 생겨났다. 유명 장인의 뒤를 이어 가업을 물려받는 사람들처럼 아들이 자신의 뒤를 이어 빛나고 있는 차무진이라는 이름을 더욱 화려하게 만들어 주기를 바랐다. 그러나 결국 또다시 자신의 명성에 갑옷을 입히는 것은 무진, 본인의 역할이었다.

“자, 이거 전국 백일장 대회에 네 이름으로 내거라. 중학교 수준에서 이만큼 쓰는 놈은 없을 게다. 그리고 만에 하나 있다고 하더라도, 내 친구 놈이 심사위원으로 있으니, 네 이름을 그냥 지나치지 않을 거야.”

“아버지, 그래도 이건 좀 아닌 거 같은데요…”

아들은 무진이 써준 글에 대해 반칙이 아니냐는 말을 해왔지만, 그것은 완전한 기만이었다. 또 한 번 뺨을 후려갈기려다 가까스로 참았다. 시대를 대표하는 천재 작가가 고작 중학교 백일장 대필이라니, 누구 때문에 이런 짓거리를 하고 있는데, 기만이 아니고 무어란 말인가. 무진은 그렇게 생각했다. 그리고 한편으로 이렇게까지 판을 깔아주었으니, 나의 명성에 걸맞은 결과물이 나오리라 하는 기대를 했었다. 무진의 기대는 무참히 짓밟혔다.

만약, 이렇게 도태되었다는 사실이 세상에 알려지면 어떻게 되는 것일까. 민혁의 나이테가 늘어날수록, 무진은 허우적거렸다. 이 상태가 계속 지속된다면 기존의 자신의 작품마저 폄훼되고야 말 것이라는 망상이 확신으로 자리했다. 반드시 지켜야 했다. 무진은 소설가로서 남은 마지막 재능을 자신의 작품을 지키기 위해 사용하기로 결심했다.

5

"때마침 너희를 지킬 수 있는 기회가 찾아왔어."

무진은 서재에 놓인 수많은 자신의 책들을 끌어안고 말했다. 민혁이 B형간염 접종을 위해 병원을 간 사실을 알게 되었다. B형간염 접종은 한 번의 주사로 끝나는 것이 아니라, 세 번에 걸쳐서 받기 때문에 준비를 해야 하는 시간까지 마침맞게 떨어졌다. 무진은 자신이 평소 먹던 혈압약 중에 캡슐 형식으로 이루어진 알약과 동일한 모양으로 청산

가리가 들어 있는 독약을 사들였다. 노숙자에게 웃돈을 주고 업자와 현금으로 거래를 했기 때문에 기록조차 남지 않았다. 민혁이 예방 접종을 하는 우리 병원의 강상국 원장은 차무진 가족의 건강을 책임지는 주치의였기 때문에, 민혁의 병원 일정을 알아내는 것은 일도 아니었다. 젊은 시절, 번쩍하고 영감이 떠올랐을 때처럼 두근거렸다. 지금 다시 한번 그 기분을 만끽하고 있었다. 행여, 낌새를 보이면 탄로 난다. 무진은 거울 앞에 서서 인상을 쓰는 연습을 한 뒤에 아내에게 말을 건넸다. 민혁이 병원을 가는 날이라는 것은 당연히 미리 알고 있었다.

"이 자식은 쓰라는 글은 안 쓰고 어딜 싸돌아다녀!"

"병원 갔어요. 그때 얘기한 예방 접종 때문에…"

"뭐야. 한 번에 끝나는 거 아니었어? 하여간 가지가지 하는구먼. 간 김에 내 혈압약 좀 타오라고 해."

평소와 다를 바 없는 태도로 일관했지만, 서재로 돌아온 무진의 손에는 땀이 흥건했다. 주먹을 꽉 쥐면 땀이 뚝 하고 떨어질 것만 같았다. 서재로 돌아와 방문에 찰싹 달라붙어 아내가 아들에게 혈압약을 대신해서 처방받아 오라는 전화 내용을 들은 뒤에야 안도의 한숨을 내쉬었다. 창문을 열어 환기를 시키고, 맑은 정신으로 무언갈 써 내려갈 준비를 했다. 처음 글을 쓰는 것을 시작했을 당시에 사용했던, 이제는 보기 드문 오래된 갱지를 꺼내 들었다. 펜촉에 잉크를 묻혔다.

"나는 이제껏 글을 쓰는 것을 누군가에게 배운 적도 없이 오로지 재능으로서 일생을 일궈온 사람인데 세월이 그 재능을 갉아먹었다. 이대로 퇴물로 전락한다면 내 인생 전반을 이루었던 작품까지 평가절하당하고 말 것이다. 멍청한 여자와 결혼 대가는 이미 치르고도 남았지 않았나?

나는 이대로 굴복할 수만은 없었다. 그래 맞서 싸우기로 했다. 역사적으로도 천재의 단명은 저마다의 이유를 가지고 있지만, 이유가 더 큰 의미를 주지는 않았다. 천재의 죽음 자체가 훨씬 더 큰 의미를 주었기 때문이다. 나는 그것이 범인은 죽을 때까지 천재를 이해할 수 없기 때문이라고 생각해 왔다.

그래서 나는 나의 마지막을 이렇게 쓰기로 했다. 천재를 시기한 천재 아들의 열등감으로 말이다. 이건 나의 유일한 오점이었던 멍청한 여자와의 결혼으로 인한 비극적 산물이 나의 여생 마지막을 빛내주는 매개체의 역할로 탈바꿈할 수 있는 유일한 순간이기도 했다.

나는 비극적인 삶을 희극으로 끝을 내기로 마음먹었다. 그러니 천재의 죽음 앞에 그리 슬퍼할 필요는 없다. 나는 기꺼이 반가운 마음으로 독이 든 성배를 들겠다. 그리고 다시 한번 외친다.

천재는 세월에, 밀려오는 비극에 굴복하지 않았음을!"

무진은 그렇게 적은 종이를 들고 창가를 바라보며 단풍이 든 나무를 바라보았다. 화려한 단풍잎이 떨어질 날이 머지않았다. 한참을 창문 밖을 바라보다 애써 글씨를 적은 종이 밑단에 라이터를 가져다 대고, 불을 붙였다. 타들어 가는 종이에서 희열감이 느껴졌다. 그 감정에 취해 자칫 손을 델뻔했다. 불씨가 꺼지자 여기저기 쓸려 다니는 타고 남은 재를 모아 창문 밖으로 날려 보냈다.

"앞으로 열흘 뒤면 모든 게 끝이다."

무진은 거뭇거뭇한 재가 손에 잔뜩 묻어 손을 닦기 위해 화장실로 향했다. 자신도 모르게 입가에 번진 미소를 보고 아내가 말을 건넸다.

"무슨 좋은 일 있어요?"

"좋은 일? 뭐 그런 셈인가?"

평소와 다른 태도에 아내는 고개를 갸웃거렸다. 다시 서재로 돌아온 무진은 콧노래를 흥얼거리며 일기를 써 내려갔다. 태워 보낸 단어들이 머릿속에 각인이 된 것처럼 계속 떠오르는 바람에 일기장에 적을 단어들이 좀처럼 생각나지 않았다. 부디 의도적인 장치들이 효과를 발휘하길 바라는 마음과 함께 모처럼 무진에게 찾아든 미소는 떠날 생각이 없었다.

6

그림자를 두려워하지 말라.

그것은 너에게 빛이 가까이 있는 증거다

경찰서 앞에 기자들이 장사진을 쳤다. 이미 뉴스에서도 하루 종일 이 소식만을 다루고 있었다. 기자회견장에 들어서자 번쩍거리는 플래시와 카메라 셔터음이 끊이질 않았다.

"본 사건은 아들인 피의자 차민혁이 유명 작가인 아버지 차무진을 음독 살해한 사건으로 평소 자신의 아버지가 먹는 혈압약과 동일한 모양의 알약에 청산가리를 넣어 살해한 사건입니다. 피의자는 중학교 3학년이 되던 해에 전국 문예 백일장에서 대상을 수상할 정도로 일찌감치 그 재능을 인정받았지만, 이를 두고 아버지 차무진은 아들이 자기를 뛰어넘을지도 모른다는 위기감에 휩싸여, 그때부터 줄곧 피의자가 최무진의 작가 행위를 대신해 왔고, 이제는 자신의 이름을 내건 책을 내고 싶다는 피의자에 말에 자신이 죽고 난 뒤에나 하라며, 모욕적인 언사를 내뱉는 아버지에게 앙심을 품고 이와 같은 범행을 저질렀다고 범행 일체를 시인했습니다."

우리나라에서 가장 글을 잘 쓴다고 알려졌던 작가의 실체에 국민 모두가 치를 떨었다. 민혁에게 동정여론이 일면서 한동안 인터넷 포털사이트가 민혁의 이름으로 도배되었다. 지금이라도 책에 적힌 저자의 이름을 바꾸어야 한다며 탄원서를 낸 이들까지 생겨났다.

브리핑을 마치고 내려온 형사는 진급까지 예견된 상황에서 사건에 대한 한 가지 의문을 지우지 않았다는 점에서 진정한 경찰로서의 자질을 엿볼 수 있었다.

"형님, 뭘 그렇게 고민하셔요. 진급하면 정말 크게 한턱 쏘십시오."

"근데 말이야. 차민혁… 저렇게 순순히 다 자백했으면서, 왜 청산가리를 구입한 경로에 대해서만 입을 열지 않는 걸까?"

"그게 중요합니까. 저 새끼가 죽였다는 게 중요한 거지."

7

두 번의 면회

"왜 사실대로 말하지 않았니…? 왜 네가 죽였다고 한 거야…"

"처음엔 많이 고민했어요. 그게 하필 왜 나인가에 대해서, 그런데 조금만 방향을 틀면 답은 간단했어요. 내가 알고 있는 아버지 차무진이라면… 이렇게 명제를 바꾸면 말이에요. 사실대로 말하라고요? 저는 태어나서 처음으로 주체적인 삶을 살고 있어요. 더 이상 아버지가 내 인생을 휘두를 수는 없어요. 날 이렇게 만든 건 아버지라고요."

*

"나에게라도 귀띔을 해주지 그랬니. 내가 바로 조치를 취해줬을 텐데… 지금 밖에서는 너에 대한 동정여론이 일고 있다. 옥중에서 내는 책이 더 사람들에게는 크게 다가올 거야. 지금부터 새 인생을 준비하는 거지. 볼펜은 위험 품목이라 일반 재소자에게 금지되지만, 이 아저씨는 민혁이에게 그 정도는 해줄 능력이 있단다. 언제든 글이 쓰고 싶거든 얘기해라…"

민혁은 본인의 여생을 감옥에서 다 보내는 한이 있더라도 아버지 무진에게 휘둘리고 싶지 않다는 생각으로 이 자리까지 왔지만, 결국 작가라는 굴레를 벗어던지지 못한 한탄으로 눈물을 흘렸다.

불 켜진 감방 안에서는 별빛이 흐릿하게 보였다.

10부 ——— 그럼에도 살아야 할지니, 삶을 경배하라

무더위에 지친 이들에게

빨리 무더위가 지나갔으면 쉼 없이 외쳐대다,
한 해의 끝자락이 다가오면
또 청춘의 발자취를 뒤적거린다.
원래 인생이란 게 푹푹 찌는 여름과도 같아서
지나고 나서야 그 진가를 알게 되는 법이다.

짙푸른 숲은 언제나 푹푹 찌는 여름에 찾아온다.

물안경 안에 담긴 심포니

계곡물에 발을 담그고 있으면
물이 일렁일 때마다 발이 춤을 춘다.
이 시원한 느낌이 너무 좋다.
나는 짜증이 솟구치는 날이면
물안경에 물을 가득 채워서 세상을 바라본다.

그러면 음악 하나 흐르지 않는
풍경 속에서도
모두가 흥겹게 춤을 춘다.

공감은 침묵으로

누군가를 진정으로 위하는 사람은
쉬이 남의 이야기를 꺼내 들지 않는다.

상처를 모른체하는 미덕과
파도에도 휩쓸리지 않는 침묵은
모두 깊은 공감에서 비롯된다.

싹을 틔운다는 것은

몇백 년, 혹은 몇천 년 동안 한자리를 지켜낸 영험함은
또다시 현재 사람들의 소원을 불러들인다.

흔들리는 가지 하나, 이파리 하나에도
셀 수 없을 만큼 많은 세대의 염원이 깃들어 있다.

해마다 찾아오는 폭풍을 견뎌낼 때도
나무는 그때마다 깃들어 있는 수많은 염원을
품에 끌어안고 지켜낸다.

고목이 싹을 틔운다는 것은
세대를 잇는 염원이
또 한 세대를 맞이하는 것이다.

싹을 틔운다는 것은 그런 것이다.

무명의 위스키

숙성을 거치지 않은
위스키는 값어치가 없다.
시간 앞에 무릎 꿇지는 말자.

나의 무명은 숙성 중이다.

청춘은 스케이트보드를 타고

무언가 하나를 뛰어넘기 위해
우리는 몇 켤레의 신발을 버려왔는가
죽어라 연습하던 때에 신었던 신발은
구멍이 나서 버렸는데
신발장에 고이 모셔둔 아끼던 신발은
세월을 못 이기고 부서지는 바람에

모두 버렸다.

신발장 속에서 명을 다한 것과
성장하는 과정을 함께 목도한 것

둘 중에 어느 쪽이
청춘에 녹아 있을까

스케이트보드 위에 놓인
닳아빠진 신발에서

나는 청춘을 엿본다.

개미와 코끼리의 고민 중
어느 쪽이 더 큰지 나는 모른다

나는 너의 불행과 나의 불행 중에
어느 것이 더 불행한지 모르고,
코끼리의 고민이 더 큰지,
개미의 고민이 더 큰지 모른다.

누군가의 불행은 사막에서의
목마름이었고,
누군가의 불행은 과식으로
불편한 속을 게워내는 것이었다.

나는 너의 불행을 모르고,
너는 너의 행복에 누군가의 최악을
곁들일 필요가 없다.

행복이 찾아오는 소리를 불행이
엿듣지 못하게 하면
불행이 불행인지 모르게 된다.

나는 너의 불행을 모르니,
크게 웃음 지을 때
나의 눈치를 살피지 않아도 된다.

용서에 관하여

용서는
마음을 넓히기 위해
행해지는 것으로
온전히 나를 위한 것이다.

도랑의 미꾸라지는
물을 흐리지만,
바다에 풀어진 미꾸라지는
찾아내는 것조차가 큰일이다.

LIFE IS JOURNEY

후회는 경험을 기반으로 한다.
실제로 우리의 시간이 수도 없이
과거로의 역행을 반복한다고 해서
현재의 나로서는 역시나 알 수 없는 것들이고,

과거에 이것을 알았다면 어땠을까라는
질문 자체가 아주 무의미하다.

그래서일까
여행을 온전히 즐기는 사람들은 언제나
현재를 즐기는 사람들이었다.

후회가 삶을 좀먹는 사람들에게
삶은 말한다.
후회를 멀리하라.

삶이 여행이다.

태어난 모든 물은 바다로 향한다

세상에 태어난 모든 물은 바다로 향한다.
물이 가진 사명과도 같은 것이다.
무심히 내리는 빗방울 하나에도 담겨 있는 사명.
굽이치는 강과 쏟아지는 폭포수처럼
눈앞으로 달려드는 생명력이 느껴지는 물도,
도로 위에 아무렇게나 파여진 웅덩이에
잿빛으로 고양된 물도
모두 같은 사명을 가지고 있다.

그들은 실패에도 책망의 늪에 빠지는 법이 없고,
누구를 원망하지도 않으며,
어떤 형태로든 다시 태어나 바다를 바라본다.
태어난 모든 물이 바다를 향하고,
끝끝내 바다가 된다.

나는 인간이 겪는 모든 실패가 인간이 가진 가치의 근간을 흔들 수 없음을 물에서 배운다.

끝으로

나는 무언가에 쉽게 매료되곤 했다. 수많은 취향들이 철새처럼 잠시 나를 머물다 떠났다. 정확히는 매듭을 지은 적이 없다고 해야 할까. 그 끝은 항상 미적지근하게 끝이 났다.

물론 취미라는 것이 끝이 정해져 있다거나, 목적지를 정해놓고 시작하는 것은 아니다. 그러나 내가 말한 미적지근한 매듭은 내가 정해놓은 기준들을 넘어서거나 이 정도면 됐다고 할 만큼 쏟아낸 적이 없다는 말이다.

나는 이것이 나의 삶의 일부라고 생각했었다. 하지만 삶의 대부분을 차지하는 이야기였으며, 더 이상 노력하기 싫음을 싫증으로 포장한 채로 얼마나 많이 도망을 쳤는지를 대변하는 이야기였다.

일생에서 제일 먼저 중요한 선택의 기로에 놓이는 것은 고3 시절이 아닐까 한다. 그때의 선택이 평생을 좌우한다 해도 과언은 아니다. 살아가는 수단이 되는 직업을 선택함에 있어 가장 큰 변별력을 가지기 때문이다.

나는 그때를 나의 도피의 시작점으로 기억하고 있다. 친구들이 대학 진학에 열중하고 있을 때 나는 삶에 대해 통달한 척 자신의 도태를 숨기기 급급했다. 그때를 시작으로 나는 성인이 되고서도 젊음이라는 합리화 뒤에 숨어 아무것도 하지 않는 날만 늘어가면서 도망이 절정에 다다른다. 그때에 이르러 자격지심의 크기도 최대치로 커져버리는 바람에 누구나가 할 수 있는 일을 대단한 척 여기곤 했는데, 도망가는 것이 습관이 되어버린 이들에게 그럴싸하게 포장하는 것이 선택이 아닌 의무로 자리했기 때문이다.

어쩌면 이 책은 앞서 말한 도피 생활, 그러니까 도망자가 느끼는 상실의 단면을 나열한 것에 지나지 않을 수 있다. 나는 또다시 실패의 서운함을 도망갈 채비 안에 포함 시킨다. 무명을 벗어나지 못하는 부족함을, 부담스러운 유명세로, 무명의 배고픔을 창작의 고단함으로,

결과보다는 과정에 의미를 둔다는 것으로 말이다.

그럼에도 나는 책을 써냈다는, 한 가지 확실한 매듭을 통해 기나긴 도피의 끝맺음을 위한 발판을 마련했다는 점에서 그것을 큰 위안으로 삼았다.

이 책이 나에게 그랬듯이 누군가에게도 위로가 되기를

바라는 마음으로 다시 한번 고난과 역경에 빠진 이들에게 말하고 싶다.

지금의 불행은 어떠한
세계로 나아가기 위해
첫걸음을 내딛는 것이고,

거북이는 땅속에서부터 헤엄을 시작한다고.

무명작가 김유명 산문집 마침.

거북이는 땅속에서
헤엄을 시작한다

초판 1쇄 발행 2024. 1. 31.

지은이 김유명
펴낸이 김병호
펴낸곳 주식회사 바른북스

편집진행 김재영
디자인 김민지

등록 2019년 4월 3일 제2019-000040호
주소 서울시 성동구 연무장5길 9-16, 301호 (성수동2가, 블루스톤타워)
대표전화 070-7857-9719 | **경영지원** 02-3409-9719 | **팩스** 070-7610-9820

•바른북스는 여러분의 다양한 아이디어와 원고 투고를 설레는 마음으로 기다리고 있습니다.

이메일 barunbooks21@naver.com | **원고투고** barunbooks21@naver.com
홈페이지 www.barunbooks.com | **공식 블로그** blog.naver.com/barunbooks7
공식 포스트 post.naver.com/barunbooks7 | **페이스북** facebook.com/barunbooks7

ISBN 979-11-93647-80-6 03810